つれづれ88話

岐阜文芸エッセー

はじめに

「つれづれなるままに・・・・」で始まる名文は、吉田兼好の『徒然草』。これをもじって、『つれづれ88話』と銘打ってエッセー集をまとめた次第である。

本書は岐阜新聞の「岐阜文芸」というコラムに四週間ごとに執筆した平成15年から27年までの149話の中から88話を抄出して編んだものである。各章は話題別に大括りしたので、掲載日の時系列になってはいない。したがって、時間が前後したり、話材が重複したりするので、文末に掲載日を付すことにした。

本来、本格的なエッセーには深い思索性が含まれるのだろうが、私は浅学非才、実体験を中心にそこから派生するおしゃべりを綴ったに過ぎず、とても底の浅いものになってしまっている。読者のみなさんは、気の向くままぺらぺらと拾い読みしてくださるだけでもありがたいと思っている。

今は亡き妻は、死期の迫ったある日、本書の出版については賛成しながらも「みとなさんが本当に読んでくださると、期待したらいかんやろうねぇ」とクギを刺すことを忘れなかった。まさにその通り、残念ながら認めざるを得ない。この一書を、まず、その「正直な？」亡き妻に捧げたい。

しかし、幸いにも帯文にはご縁のあるお三方から過分なご推奨をいただき本書を飾ることができたし、出版までに多くのみなさんのお世話になることもできた。兄弟の絵画作品なども、中扉にちりばめることにした。心から感謝申し上げ、はじめのご挨拶としたい。

令和元年秋

後藤　左右吉

目次

表紙カバー切り絵　古田栄穂
挿絵
からくり人形　稲川道太
水彩画　古田益穂
円空彫り　後藤左右吉
円空像写真　後藤芳樹

その一（8話）

自然悠久

春はあけぼの

近くの里山へ朝ごと登っている。このごろは、まだ夜明けが遅いので、山頂付近でようやく東の空が乳白色を帯び始め、はるかな山並みが次第に濃いシルエットとなってその姿を見せてくる。やがて稜線《りょうせん》近くが淡いオレンジ色に変わり、銀ねず色の雲も紅色に染まってくる。しばらくして大きな太陽がゆったりと揺らめきながら顔を出し、ほんのりと暖かさが身を包み始める。至福の一刻である。

枕草子の「春はあけぼの。やうやうしろくなり行く山ぎは、すこしあかりて、むらさきだちたる雲のほそくたなびきたる」の描写そのものである。千年以上前に、清少納言が書いたこの随想の巻頭が今も眼前に生きているのだからうれしくなる。鋭い感受性と簡潔で流れるような筆力、さすがに千古不滅の名文だと、あらためて思う。

こうして平安朝の女流が紡いだ自然観照の美意識は、その後も日本人の中に脈々と受け継がれてきたのだろう。現代の短詩型文学にもそれが色濃く流れ込んでいる。春の息吹をとらえた作品を少しだけ拾ってみよう。

〈天深く春立つものの芽を見たり〉（加藤楸邨）

〈浅き春空のみどりもやや薄く〉（高浜虚子）

〈木の芽ひらいてくる身のまはり〉（荻原井泉水）

〈みあぐれば遠やまなみに風ひかりいづくの鳥か翳《かげ》曳きわたる〉（前　登志夫）

〈天遠くわく綿雲にあたらしき今日の光はおもむろに満つ〉（松村英一）

春だけと限らず、わが国は、四季の変化に恵まれているため、自然と人間とが融け合い、そこに、人々は生きる喜びを見いだしてきたといわれている。

私の登る里山にも、春立つ気配が漂い始めた。芽吹きの音があふれる時も、そんなに遠くはないようだ。風が柔らかくなってきた。

（二〇〇九年二月一〇日掲載）

カラスめ

今年は珍しく、わが菜園のトマトは成績が良かった。が、完熟近い良好品が次々と何者かに半分近くかじられてしまうではないか。虫食いにしては大胆すぎるし、消毒なしは例年のことだし…。

なんと、犯人？　はカラスだった。ご近所の目撃者が教えてくれた。撃退困難で悪評高きカラスめとあっては、作戦を立てねばならぬ。雑食性で知恵ものときているから難敵である。市街地の生ごみあさりの名人が、送電線の鉄塔に巣をかけてねらっているのだから、たまらない。

ヒッチコックの映画「鳥」（一九六三年）のスリルとサスペンスが頭をよぎるが、一体、いつのころからだろうか、カラスが人間の敵扱いされ始めたのは。

少なくとも、童謡「七つの子」（大正十年）や「夕焼小焼」（大正八年）に登場するカラスは、人間と共存し、日本人に心の安らぎを与えてくれるものだった。

過日、東京で宗教学者の山折哲雄氏の講演を聴いた。そのほんの一部だが、インドの友人の話として、童謡「夕焼小焼」こそ日本の仏教信仰を如実に表現したものだ、と話されたのが印象的だった。

「夕日の彼方に浄土があるという信仰体験が〈夕焼小焼で　日が暮れて…〉以下の歌詞四行となっている。山寺の鐘がゴオン、ゴンと村里の夕べを穏やかに響き渡っていく様は宗教の世界であり、〈手をつないでカラスと一緒に帰ろう〉には、自然の中で融け合った人間とカラスの共生の姿がある」と、概略、こんな紹介だった。

言われてみれば、カラスも、かつては子どもたちのパートナーだったわけである。カラスを敵扱いし始めたころから、人類が物質文明賛歌のエゴの道を歩き始めたのだろうか。

地球上の動植物との共生や宗教的情操の涵養《かんよう》という大命題の前で、わが素人菜園のトマトぐらいで目くじら立てていては誠に恥ずかしいことには違いない。

（二〇〇七年八月一四日掲載）

霜柱を踏む

格別に冷え込んだ岐阜市の里山に、今朝は、珍しく霜柱がびっしりと立っていた。自然の摂理が生み出す造形美を屈み込んでしばらく眺めた。霜柱は土の中の水分が異物を吐き出しながら凍結していくので、あの透明感が出るのだそうだ。土質・気温などの条件により、地域によっては十センチ以上にまで伸びることがある。

ところで、幼児期の私にとっての霜柱は、寂しさと怖さを伴った冬の景として刷り込まれている。私は、「バアちゃん」の家で育てられた。母屋の裏には納屋と蔵があり、その北側に畑があった。冬は日陰になってしまうその畑には、終日、霜柱が消えることはなかったが、それでも大根や白菜などが、ちんまりとまだ残っていて、バアちゃんが収穫に行く。その足あとを踏んでしょぼしょぼとついて行ったものだった。「寝しょんべ垂れの泣き虫」には、霜柱を踏み倒して新しい地面に踏み出す勇気がなかった。

霜柱の立つ地面を踏んづける快感を知ったのは、少年期になってからだろうか。通学路などでわざわざ霜柱の地面に勢いよく踏み込んで味わった、あの破壊と征服にも似た快感はなんとも気味のいいものだった。

木俣修の短歌にこんなのがある。

〈六十歳のわが靴先にしろがねの霜柱散る凛々《りり》として散る〉

還暦を迎えた歌人・学者の踏み進む靴先に散る霜柱は、なお意気盛んな決意と血気の象徴ででもあろうか。

〈霜柱踏む音ひしひし七十三年生き来し男の靴底に鳴る〉は、師の歌を真似た私の四年前の作品。霜柱は、なお勇敢に歩み続けよという、人生への励ましの音を靴底から響かせてくれていた。

そして、今朝の山里では、背丈の低い霜柱だったが、踏みつけるどころか、小人にでもなって、この美林の中へ分け入って行きたいほどの輝きを放っていたのである。

（二〇一三年二月四日掲載）

しんしんと雪

文芸作品では、音声や状態を表現する語句（オノマトペ）には、多分に神経を使う。作者独自の感受を文字に定着したいからである。

歌人大西民子はそのオノマトペを巧みに詠み込む一人だった。例えば、

〈完《まった》きは一つとてなき阿羅漢のわらわらと起《た》ちあがる夜無きや〉

「わらわらと」は、古ぼけた五百羅漢が今まさにたちあがろうとする幻想的ですごみのある状況を表現したものである。

もう一例。岐阜にも縁のある栗木京子は、現在女流歌人の中堅どころとして活躍中だが、彼女の作品にこんな一首がある。

〈母ひとり住む実家なりしんしんとどの押し入れも月光詰めて〉

この「しんしん」は言い古された表現のようだが、やはりこの一首の中では独特な新鮮味をもって迫ってくる。

「しんしん」といえば、私には幼少時の冬の夜が忘れられない。子どもに恵まれなかった「バアちゃん」（実は伯母・五十歳代）に、小学三年生まで育てられたのは、「高屋」の屋号を持つ山べりの一軒家だった。近くの山をきつねがシャーシャーと鳴いて走り抜けたあとのあの不気味な静けさ。そんな時に限っておしっこがしたくなる。便所は屋外にしかない。「バアちゃん、しょんべん」「しゃあないなあ」。胴着をはおらされ、バアちゃんの踏んでくれた雪の足あとを拾いつつ、便所へ急ぐ。空からも林からも無数の目が光っていて、寒さが痛い。深い夜の底に音の無い世界が、限りなくひろがっている。便所までの遠かったこと、怖かったこと。

部屋に戻ると、当然のようにバアちゃんの寝床にもぐりこむ。あたたかさを取り戻しつつも私は、なおも「しんしん」という無声音を聴いていたように思う。

あの夜を思うに「しんしんと」に勝るオノマトペを、私は今もって知らない。

（二〇一〇年一月一一日掲載）

孤木・梅そして桜

春の百花に先がけて、寒中に花を咲かせ始める梅たちが、この冬は少々戸惑ったようだ。わが家の枝垂れ紅梅も、時ならぬ雪をかぶって、薄紅のつぼみのまま、何度か凍えていた。

が、〈むめ一輪一りんほどのあたたかさ〉（嵐雪）という江戸時代の名句のように、徐々に、確実にあたたかさはやってきた。「むめ」は梅のこと。清楚で高貴な梅は、古くからの人気ものだから、今年も、梅の名所には、どっと人出があったようだ。〈梅はただ一もとがよしとりわけてただ一輪の白きがよろし〉とは若山牧水。一本だけ、しかもただ一輪の白がよいというのだ。

私の散歩途中の休耕地に、たった一本の梅の木がある。何本かあったのに、どうしたことか一本だけ残され、しかも、昨秋、その枝も短く切り払われてしまっていた。これはあたかも、ぽつねんと瞑想《めいそう》にふける孤独な老人の姿を思わせ、痛々しかった。

ところがこの春、わずかに残った小枝にぽつぽつと白い花をつけ始めるではないか。うれしかった。がんばれよ、と声をかけてやった。

さて、間もなく桜花満開の時を迎える。桜は華やかに咲き、いさぎよく散るから、日本人に古くから愛惜されてきた。今年もまた、桜の名所は賑《にぎ》わうことだろう。それはそれで結構なことだ。

しかし、山腹にたった一本咲く桜もいいなあと思う。普段は雑木の中に埋もれてしまい、その存在すら認められていないのに、わずか一、二週間ほどの間だけ「ココニ、私モ、イマスヨ！」と名乗り出るからだ。それは、自己主張か、自己顕示か。いやいや、遠慮がちに命の讃歌を口ずさんでいる姿だと思いたい。

手元の辞書に「孤竹」はあるが、「孤木」という語はない。私の造語らしい。春爛漫《らんまん》の中で、孤高を守り、あるがまま、思いのままに命を燃やし続けるこれら梅や桜の、たった一本の「生の輝き」に、なぜか私は、この造語を冠してあげたいのである。

（二〇一一年三月二一日掲載）

淡墨桜、木の魂

久しぶりに根尾の淡墨桜を見に出かけた。

さすがに、日本三大桜の一つとされるだけの貫禄が漂っている。六世紀前半から今日まで、木の生命力が内側より噴出し続け、それが外気と融け合ったのだろうか、瘤《こぶ》だらけの巨大な根方の迫力には、いつも圧倒される。

多くの画家や文学者などがこの桜をモチーフにして作品化しているが、岐阜市出身の加藤東一画伯（八十歳没）は晩年、金閣寺大書院の障壁画にこの淡墨桜の大作を残された。平成五年、その内覧会にお招きいただき、間近に拝見した感激は忘れられない。

書院の一室、中央壁面には太い幹をどっしりと据え、右面の襖には、幹からたくましく延びる枝を描き、枝の先端にはひかえめな色で花々が配してあった。画伯には晩年、人間の業《ごう》をテーマとした重厚な作品が多いといわれているが、この障壁画にも人間の生命を揺さぶるごとき叫びを聞く思いがしたものだった。

岐阜県美術館には「木魂—淡墨桜」（六曲一双屛風《びょうぶ》）という力作が所蔵されている。六十歳代後半の作という。「木の魂」とは言い得て妙、雄渾《ゆうこん》な画題だと思う。

満開の時期ゆえ全国から観光客が押し寄せる。「花」を見るだけでなく、その「魂」に接したくてやって来るのではなかろうか。満身創痍《そうい》のこの古武士は、何本かの支柱に助けられ、幹や枝から健気《けなげ》にも、なお新しい命を芽生えさせている。この老木の生命力に、誰もが言葉もなく対面し、そこから不屈の力を頂いて帰るのだろう。

老木回生の大施術（昭和二十四年）はじめ、宇野千代女史の訴え（同四十二年）など、多くの人々の尽力もあってではあるが、自らの力で今も脈々と呼吸し続けている奇跡こそ、淡墨桜の「木魂《こだま》」なのである。


（二〇一三年四月二九日掲載）

峠

岐阜新聞に毎月一回掲載される「ぎふ峠ものがたり」は、読みごたえ、見ごたえがある。特に、ゆかりある峠の話は、自分史の再発見として読むこともできて、おもしろい。

昨年末掲載の「神原峠《かんばら》」、六十年も前のことと重ねて懐かしく読んだ。今は亡き親友のふるさと、飛騨市古川町太江から振り仰いだ峠である。おおいかぶさるように迫る山肌に、つづら折りの坂道が下ってきていた。「トラックはエンジンブレーキで下ってくるんやぞ」と、彼は誇らしげに峠の高さを仰ぎつつ言ったものだった。エンジンブレーキなる語を私は初めて知った。田植えを手伝い、小川で農機具や手足を洗った。友人の母さんは、その川で米を研ぎ、洗濯もしていた。

「峠」という文字は「辻」「榊」などと同類の日本製漢字。山道の上り下り、登りつめたところが峠というわけだ。かつて峠には神がいると信じられ、その神に「手向け」（供え物）する場所だから、タムケ。それが転じてタウゲ、トウゲになったという。峠はそれに当てた漢字。県内にも「手向」という地名が現存している。

峠には、ロマンと実人生の匂いが混在するからだろうか。文学作品にも多く登場する。本県出身の早船ちよの小説『峠』や『あゝ野麦峠』（山本茂実）をはじめ、『峠』（司馬遼太郎）、『大菩薩峠』（中里介山）、『塩狩峠』（三浦綾子）などは読んだ覚えがある。小説『伊豆の踊り子』（川端康成）は天城峠なしでは語れない。

峠は過去と未来の結節点。登り来た道を振り返り、進まんとする道を見下ろす峠には、人生が凝縮されているとも言えようか。

〈雪つもる峠の道をひたすらに危篤の父を思いつつ急ぐ〉

土屋文明選で初めて新聞に載った私の作品。高校三年時のものである。その父は、晴れ渡った寒い日の一月二十三日、育ち盛りの子どもたちを多く残して、逝った。五十六歳だった。その日から、私たち家族は母を中心にして、いくつかの峠を越えることとなった。

（二〇一四年一月二〇日掲載）

凍れる月影

今日の早暁、散歩中に見上げた月は、まことに冴《さ》え冴えとして身が引き締まる思いだった。

「とうだいもり」の歌をつい口ずさんでみた。年輩の者にはおなじみのイギリス民謡、勝承夫作詞の唱歌、♪凍れる月影　空に冴えて…である。

「月」といえば、百人一首中、阿倍仲麻呂の次の一首はよく知られているところだ。

〈天の原ふりさけみれば春日なる三笠の山にいでし月かも〉

仲麻呂は奈良時代の初め七一七年、第九次遣唐使一行に加わり、十六歳にして唐の都・長安（西安）に留学したが、帰国かなわず七十三歳で、かの地に没した。

その間、彼は勉学に励み、唐の玄宗皇帝に高官として仕え、詩人の李白や王維などとも交友があったという。

この一首は、望郷のやるせない思いを月に託して詠んだものとされ、有名である。

もっとも百科事典や小説などによると、事情はいま少し複雑なようだが、ともあれ命がけの航海時代、はるか異郷の地から振り仰いだ月に寄せる故国への思いの深さは測り知れないものがある。

かつて私は西安市に旅した折、この一首を五言絶句に訳した詩碑を見学し、その書を求めて帰った。

〈翹首望東天　神馳奈良邊　三笠山頂上　思又皎月圓〉

流麗で力強い墨痕が気に入ったので、軸装をし直して大切にしている。

約千三百年前、仲麻呂の見た同じ月を、今、散歩中に眺めているという感慨は、また、ひとしおのものがある。

人類が月に足跡を残そうが、探査機が研究資料を持ち帰ろうが、宇宙の神秘は冒されてはならないのではないか。望月《もちづき》であれ弦月《ゆみはりづき》であれ、「月」は、古今東西、時空を超えて、われわれにさまざまなことを語りかけ、悠久不変の尊さを教えてくれているようだ。

（二〇一四年一二月二二日掲載）

その二（8話）

食アラカルト

朴葉ずし

わが家の庭に一本だけ植えた朴《ほお》の木が今年も芽吹き、薄緑の若葉を見る見る広げて、緑を深めてきた。五月から六月にかけ、山を吹き抜ける風に、朴の木が葉裏を返して白く輝くころになると、朴葉ずしのシーズン到来。

東濃の山間部で育った私には、郷愁の味の筆頭が、この朴葉ずしである。南飛騨、奥美濃、東濃などで好んで作られた郷土料理の一つだが、地方により多少の違いがある。

『ぎふのすし』(日比野光敏編著・岐阜新聞社刊)によれば、「混ぜホオ葉ずし」と、「乗せホオ葉ずし」に二分されると言うが、わが家は後者となる。白いすしご飯の上にさまざまな具を乗せて、それを朴葉でくるみ、軽く重しをし、半日か一日寝かせて食べ頃を待つ。

具には紅ます、さけ、へぼ(地バチの子)、貝しぐれ、しいたけ、さやえんどう、紅しょうがなどを使う。

上品に箸《はし》を使って食べては、せっかくの朴葉が泣く。葉をはがしながら直接に口をつけて食べ、朴葉の香りも一緒にいただくのがコツというもの。

東京勤めの弟が彼の自宅近くで朴の木を見つけ、さっそく朴葉ずしを作ってみたが、香りがどうもいまいちだと残念がっていた。わが家の庭のそれも、郷愁の香りにはやはり届かない。

しかし、香りが落ちようが、家族たちの評判があまり良くなかろうが、わが庭の朴の葉のほとんどは、今年も〝素人すし屋〟に使われることは必定である。

若いころ同宿だった東北の青年は、納豆のない朝食は考えられないと言っていた。わが家内は、行事ごとに祖母の作ってくれた料理の数々への郷愁を、今でも時々言う。

転じて思うのだが、果たして私たちの世代は、子や孫たちに郷愁と言えるほどの味を何か残したろうか。おふくろの味、ふるさとの味をなんとか残したいものである。

（二〇〇六年五月二二日掲載）

椎の葉に盛る

新緑が日に日にその厚みを増して、山野からの頂き物の多い季節となった。自然を活《い》かし、自然と共存してきた人間の知恵のなんと豊かであったことか。

山帰来《さんきらい》（サルトリイバラ）の葉で麩餅《ふもち》をくるんだ「さんきら餅」を土産に頂いた。山帰来はこのあたりの山道でもよく見かけるものだが、この葉で麩まんじゅうを包むという発想がおもしろい。

もっとも、古来、葉で食べ物を包んだり器代わりにする知恵は、多様に発揮されている。

五月節句の供え物では、柏《かしわ》餅と共に茅巻《ちまき》が親しまれてきた。私の育つころは自家製だったので茅《ちがや》の代わりに笹《ささ》の葉を使っていたように思う。笹といえば、笹ずしがあり、富山の鱒《ます》ずしがある。笹の葉には形の効用のほか消臭、防腐、解毒といった力があるのだろうか。柿の葉ずしも、然《しか》りか。

朴《ほお》の葉にも同じような効能があるのだろう。田植え前後のわがふるさとでの定番のご馳走《ちそう》だった。朴葉みそは葉を器代わりにしてみそを焼く。観光客に人気があるようだ。みょうがの葉でぼちをくるんだ「みょうがぼち」も妙味。空豆のあんの素朴な味が、またいい。

竹皮は別格か。さまざまな包みの用途のほか、笠や草履にも活用されてきた。竹皮に包んだにぎりめしが懐かしい。

古今東西、視界を広げれば、もっと多様だろうが、最後に一例。

〈家にあれば笥《け》に盛る飯《いい》を草枕旅にしあれば椎《しい》の葉に盛る〉万葉集所載、有馬皇子のこの作品は、謀反《むほん》のかどで捕らえられ紀の国へ流される途次で詠んだ一首。家にいれば器で食べるご飯を、旅の身だから椎の葉を代用して食べねばならない、と嘆いたものであった。皇子の身ゆえ器代わりの木の葉にも、哀切感が漂う。

（二〇一四年五月一二日掲載）

夜学とおでん

私たちがN大学の夜間部で苦学（？）したのは、もう五十年も前のことになる。その仲間六人が、先日、久しぶりに小宴を持った。六人が六様の人生を過ごしてきて、全員が元気に会えたのが何よりうれしいことだった。

語学力を生かして専門学校の航空貿易科科長として今も教壇に立っている男、伝統工芸後継者の三代目で、なお現役の男、定年後ニュージーランドに一年間語学留学をし、旅などを楽しんでいる男、高校教師を勤め終え、今は絵画を趣味としている男、穏やかで無口だが喫茶店を営む男、公務員を退職後いま会社役員をしている男、めいめい方向は違っていてもバラエティーゆたかに第二、第三の人生をパワフルに生きている。

当時の夜学生は、一般に貧しかった。が、向学心は旺盛で、「工芸師」と「科長」が帰りの電車の中で英詩を暗誦《あんしょう》したり、スペイン語の会話を練習したりしていたものである。私も翌日用の英語やスペイン語の単語を調べるだけで夜更かしの日が多かった。

昼は一人前の時間だけ働き、夕方、岐阜から名古屋まで駆け付ける。帰宅は夜十時過ぎ、それから夕食、入浴、予習といった生活で、誠に厳しかった。しかし、それをやり遂げたことは私たちの誇りの一つである。思えば、人生最大の誇りかもしれない。

帰路の空腹も辛《つら》かった。駅近くの屋台で食べたコンニャクのおでんのうまかったこと。一本は確か五円だった。もちろん毎晩この一本にありつけるわけではなく、時間とふところ具合が許す時だけのぜいたくだった。それだけに甘口の赤味噌をたっぷり付けてかぶりついたあの味は、忘れられない。

いよいよ花見と木の芽田楽の時季である。おでんは、料亭から屋台・家庭まで、季節や地域により、具の種類や調理法も多様なようだが、私にはあの屋台のおでんに勝るものはない。

（二〇〇九年三月九日掲載）

一切れのタクアン

仲間たちとバスを借り、温泉の一泊旅行。車中で飛騨の友人が、白菜漬けを振る舞ってくれた。暖房の効いたバス内では、ひんやりとした食感が殊によかった。ところで、日本の漬物といえば多種多様。古くから備蓄や防腐貯蔵のために、野菜、魚、肉などの漬物が発達したというが、素朴でポピュラーな白菜漬けとタクアン漬けが、私は好きだ。

タクアン漬けは、禅僧の沢庵《たくあん》が創始したからタクアンと言われるとか。禅といえば、それに結んで昨今、私にはタクアンが格別な味覚となっている。

月に二回ほど参加の早朝坐禅のあとで、朝食。おわん一杯の粥《かゆ》を、昆布のつくだ煮少々、梅干一個、タクアン二切れでいただく。食事を終えてお茶で、わんと小皿を洗うため、一切れだけタクアンを残しておくのだが、これが誠に旨《うま》い。チビた薄いこの一切れ（失礼？）をかみくだしながら、お茶をすするのである。

昨年夏の終わり、坐禅のご縁で雲水修行のまねごとのため、三日間だけ一人で参禅したことがある。

三時起床、読経、坐禅、ぞうきんがけ、朝食、小憩、托鉢《たくはつ》（または作業）、昼食、休憩、作業、小憩、作業、夕食、老師講席（または読経）、入浴、就寝九時。ざっとこんなパターンで一日が流れる。その間、テレビなし、新聞なし、おしゃべりなし。厳しい日課に追われる中、食事が大きな楽しみ。例えば〈朝食〉粥二杯、コンブ、梅干、タクアン一切れ。〈昼食〉麦飯二杯、みそ汁二杯、かぼちゃ四切れ、タクアン一切れ。〈夕食〉麦飯一杯、みそ汁一杯、タクアン一切れ。

タクアン一切れで器を洗い、お茶と共にいただくのは、月例坐禅と同じ。しかし、厳しい修行の中で味わうタクアンのなんと美味だったことよ。

飽食の今、一切れのタクアンに手を合わせられた幸せに、いま深く感謝している。

（二〇〇六年一二月五日掲載）

お雑煮さまざま

雑誌『短歌研究』一月号が「お正月の味をうたう〈百人一首〉」という特集を組み、私もその一首を分担させられた。が、はたと困った。岐阜県独特の正月料理と言われても、地方色豊かだし、おそらく各家庭千差万別、ましてや関東・関西の文化接点の土地柄、代表格が思い浮かばない。結局、わが家の「お雑煮」紹介の一首でお茶を濁しておいた。

それにしても「所変われば品変わる」で、この〈百人一首〉のなかで、雑煮一つをとってみてもさまざまあって、興味深かった。

〈美濃衆の祖母の仕込みに雑煮用餅は下駄の歯大に切るなり〉(北海道)、北海道へ移住した「美濃衆」は、今でも下駄の歯のように大きな切り餅を雑煮に入れるようだ。思えば私の幼少期も具だくさんの雑煮で、餅は下駄の歯のようだったことが懐かしい。

〈雑煮椀からはみ出る沙魚《はぜ》の尾頭付きわが家の元旦は豪華でありし〉（宮城県）、縁起物で飛び切り上等のお膳だったのだ。〈玉藻よし讃岐の雑煮はまろやかな餡《あん》入り丸餅白味噌仕立て〉（香川県）、餡入り丸餅、白味噌が特色か。丸餅は関西。〈三粒目の牡蠣《かき》の出で来ぬ初春の瀬戸のにほひの雑煮いただく〉（広島県）、特産品の牡蠣がたっぷりと入っている。

雑煮の由来には諸説があるというが、江戸時代、尾張藩を中心とした諸藩では、武家の雑煮には餅菜を入れ、「名（菜）を持ち（餅）上げる」と縁起をかついだという。だから菜と餅に少々の具を加えただけの質素な雑煮が当地（わが家）にも伝承されたのだろうか。海なし県の質朴な味にも、それなりの歴史があるわけだ。

お袋の味が伝えにくい現在だが、せめてお雑煮をはじめ正月料理の技や味だけでも、母から娘・嫁に継承してほしいものだと思う。ところで男性の責任はどうするかって？ そういえば「若水汲み」や「初火起こし」は男性家長の大事な正月行事だったっけ。

（二〇一二年一月六日掲載）

最後の晩餐

食べることは楽しい。

でも、私などは品よく味わうというよりも、ボリュームを楽しむ方だから、「今晩、何が食べたい？」などと家内に聞かれても、レパートリーはごく限られてしまう。何を食べても、原則「美味しい」のであって選り好みはない。

過日、友人のF氏が宴会の帰路わが家に立ち寄ってくれた。今晩の料理はカクカクシカジカとひと講釈あった後で、突然、レオナルド・ダ・ビンチの〝最後の晩餐《ばんさん》〟の話を始めた。彼がかつて見てきたというグラーツィエ聖堂の壁画についてであった。私は残念ながらその現物は見ていない。徐々に話は横に逸れていった。

F氏「もし今晩が最後の晩餐だとしたら、あんた、何が食べたい？」

私「……」。しばしの後、「コロうどんの大盛りか、朴葉《ほおば》ずし」と答える。美食家のはずのF氏は「ジャコに厚身の塩サケ、白菜漬けに味噌汁。味噌汁の具は里芋、豆腐、油あげ」と意外な発言。それにしてもお粗末な晩餐だなあ、と笑い合ったことだった。

ちなみに後日、飛騨出身の同僚H氏に尋ねてみたら「飛騨漬けかな。菜漬けを地味噌で煮込んだのもいいなあ」との答えだった。M氏はもっと明快、「こどもの時に食べたもの」だった。

深刻なわけでもなし、所詮《しょせん》たわいない設問だったわけだが、おもしろかったのは、誰もが結局「おふくろの味」をあげていることだった。それは郷愁の味であり、ふるさと回帰の味であり、安心安全な味なのであろう。

決して豪華な料理ではないからおもしろい。

もっとも、若い世代に質問したら「××レストランの××料理のフルコース」や「××屋のハンバーグ」などと答えるかもしれないので、こわくて聞かないことにした。「おふくろの味」ではなく「ママと行った外食の味」だったりしたら、なんとなく淋しくなるから。

（二〇〇七年四月二四日掲載）

もったいない

勤め先で与えられている六階の部屋は、北側全面がガラス張りとなっていて、濃尾平野の北四半分が一望できる。この時季、雪の連山がくっきりと美しい姿を見せてくれる。右から、恵那山・御嶽・乗鞍岳・穂高連峰・揖斐山系。左へ、伊吹山そして養老山地へと続く。実にもったいないような大パノラマである。ああ「美し国《うまくに》よ」と、万葉の時代まで心を馳《は》せる。

ふと中国の詩人・杜甫の「春望」の一節〈国破山河在　城春草木深〉が浮かぶ。一九四五年八月十五日、日本国は破れた。完膚なきまでの敗戦だった。当時の大人たちはこの有名な杜甫の詩句を思いつつ涙したという。もちろん、国民学校生だった私は、そんな感慨とは程遠く「ああ腹いっぱいメシが食いたい」の毎日だった。

あれから六十年、今年も「ぜいたくな」正月料理を「もったいない」ほどいただいた（と、少なくとも私は思っている）。が、どやどやとやって来て、にぎやかな一時を過ごしていった孫たちにはもったいないという感慨はなかったように思える。

私は正月が来るたびに「けんちん汁」を思い出す。敗戦後家族はふるさとへ戻り、わずかな田畑を耕して生産者の仲間入りをしたが、その一年目の大みそか、いろりの自在鉤に掛けられた大鍋にはあふれんばかりのけんちん汁が煮えていた。「どんだけ食べてもええよ」と母。その声はそれまで分配された「食い物」（ほとんど代用食）だけで我慢させられていた私たちを飢えから解放する御仏の声だった。あのうまかったこと。

飢餓と貧困の中で私たちは「もったいない・ありがたい」を実感して育ったのだが、今、孫たちを見て思う。豊かさの陰で、日本の「失った心」はあまりにも大き過ぎないだろうか。「国破れて山河あり。人、飽食にして、こころ失う」ではないか、と。わが孫どもに「もったいない・ありがたい」を、どうわからせるか、私め「ジイ」の、目下の大難題である。

（二〇〇五年一月二四日掲載）

無人野菜売り場

収穫の秋である。大地の恵みを頂く季節となった。

この時季、近郊へ車を走らせると、道端のそここに無人販売所が設けられているのに出合う。野菜だったり果実だったり、今は富有柿といったところだ。それらの多くは、失礼ながら、規格外や余り物なのだろうが、ザルや箱に生産者の心も盛られているようで、なんとも心あたたまる風物詩である。

無人だから買い手は表示の値段だけのコインを空き缶の中へ放り込んで品物を頂く。信頼関係があって成り立つほほえましい商売である。日本の良さをしみじみ感じながら、諸外国にも田舎へ行けばあるのだろうか、などとふと思う。観光地を主とした海外旅行では「スリに注意」「置引きに注意」などとやたら言われるので、そのたびに「日本はええなあ」と思うのだ。

〈信頼の絆無人の野菜売〉（岐阜・金子匠果）（川柳誌『柳宴』11月号）、金子さんの一句が見事に代弁してくれているようでうれしかった。

ところが、過日、高山市のHさんが笑って言っていた。「私も時々無人売り場やっとるけど、百円と十円をわざと間違える人がおって、決算が合わんのやサ」。おいおい冗談じゃない。信頼を裏切って安いコインで済まそうという偽装行為をやる不貞《ふてい》の輩《やから》がいるというのだ。Hさんは経済的に困っているわけではない。貯《た》めた小銭は孫のおやつ代にでもなるのだろう。でも、こんなささやかな楽しみを踏みにじることは許せない。

偽装といえば、「米」を偽り、「食材」を偽り、「論文」を無断利用し、「応募作品」に盗作があり、などなど、枚挙に暇《いとま》なしといった状況の日本だが、なんとしても「信頼の絆」で結ばれている一般国民の目をごまかすような詐欺行為は皆無にしたいものである。

（二〇一三年一一月一二日掲載）

その三（11話）

スポーツの華

釣りとゴルフ

立派な？　後期高齢者なのに、まだ、ゴルフに遊んでもらっている。「釣り落とした魚は大きい」と言うが、ゴルフでも下手は下手なりに「大魚」を釣り落とすことがある。「しまったなあ。なんであんなことやってしまったのだろう」などと、悔やむことが多い。

期待と興奮、緊張感と力みすぎ、その結果の失敗。私にとって、ゴルフと釣りとの共通体験である。

渓流釣りが好きで、のめり込んだ時期がある。夜が明けきらない間に目的地にたどり着き、薄明かりの空をバックに糸と針を結ぶ。糸の太さ、針の大きさや形、えさの種類などを、時と場に合わせて選ぶ。さて格好な渕がしらに釣り糸を投げ込み、流れに合わせて糸を流していく。渕尻でククッと当たりが来たら、すかさず腕と腰で竿を合わせる。竿先がしなう。黒っぽい魚影が上流に強く引き込んでいく。「しめしめ。落ちつけ。ゆっくり、ゆっくり」とブツブツ自分に言い聞かす。この瞬間がたまらない。釣りの醍醐味というわけだ。

ある日、雨があがって水量も濁り具合も絶好だった。林道の終点に車を止め、イワナのポイントまで約一時間、一気に渓流をさかのぼった。最初の一投、期待通り、大きな当たりが来た。引きは予想以上に強い。瞬時に魚影が岩陰に消えた。切られたかな、いやいや、竿先が重い。相手はなかなかしぶといぞ。こうなったらヘミングウェーの『老人と海』だ。どれくらいの時間を費やしたか、水の中に踏み入れてゆっくり糸を足元まで引き寄せることにした。三〇センチはあろうか、イワナの黒い背中が足元を悠然と泳いでいるではないか。だが糸が細すぎる。切られるに違いない。もちろんタモなど持ってはいない。どうしようか。うまく水から引き抜く術はないものか。

結局、ええい、ままよ、と長靴で水ごと蹴り出した。失敗。切れた糸を引いて大魚は岩陰へと消えていった。「大きな獲物だったのになあ」と、今でも未練がましく思う。そんな自分が、笑えてくる。

（二〇一二年四月三〇日掲載）

やったァ、剱岳

ようやく念願の剱岳（二九九九メートル）に登ることができた。かつて反対側の鹿島槍の山頂から、朝日を受けて金色に輝くこの剱岳を西方はるかに見た時、すっかり魅了されてしまった山である。素人にとって、困難さでは屈指の山であることは知っていたが、それだけに挑戦してみたい誘惑は大きかった。

幸いあれから二年目のこの秋、チャンス到来。これまでも槍ケ岳や鹿島槍に案内してくれたＮ君が、今回も私のためだけにガイド役を引き受けてくれた。彼はＮ大の私の後輩にあたり、しかも山岳部に所属していたという山のエキスパート。遠慮なく無理を言い、日程調整も完了、一泊二日のやや強行軍での出発となった。

さて、その剱岳。小雨をついて山小屋を出発。浮き石が多く落石の恐れの多いガレ場や、鎖をたよりに登る何カ所かの垂壁、カニのタテバイ・カニのヨコバイに代表される岩場の難所、めまいがするような岩棚のトラバース（横断）、いやはや私にはきわめて難度が高かった。

N君の足をかなり引っ張ることとなった上、ガイドブックに記載のコースタイムをややオーバー。しかし、それだけに運良く晴れ渡ってきた頂上に立った時の感激は、またひとしおだった。

それにしても山により、その感動が微妙に違うからおもしろい。

三年前、槍ケ岳に登った時は、何か敬虔《けいけん》な感じが全身を包んだものだった。あの時は「生きて在ること」自体への感動が突き上げてくるような、神々しさを味わったように思う。が、今回は「生きて立ち向かった」という、人間臭い感激の方が大きかったように思う。それは七十歳になろうとする男の泥臭い生の喜びだったのかもしれないし、加齢による不遜《ふそん》な自負だったかもしれない。

山は逃げていかないが、私の年齢が逃げていくので、あと何座くらい登ることができるのだろうか。それぞれの感動が待っている。


（二〇〇四年一一月一日掲載）

映画「剱岳〈点の記〉」

偶然だが、きょう七月二十七日は、新田次郎の原作『剱岳〈点の記〉』によると、百年前、測量隊が剱岳頂上に三角点を設置した日である。

同名の映画が最近封切られたので、その二日目に見に行った。美しい映画だった。映像がまず、とても美しかった。さらに、一つの目的に突き進む男たちのひたむきな姿が美しかった。加えて、過酷な条件下での撮影が想像され、すごい作品だと思った。

明治四十年、日本地図の空白となっていた剱岳（二九九九メートル）や、その周辺の山々の測量に挑んだ男たちの物語である。この映画の木村監督は名カメラマンとして五十年のキャリアを持つ。今回は初監督として「剱岳」の美しさ、厳しさ、人間の執念のすごさにカメラを向けた。彼は制作にあたって「山の撮影にはヘリコプターは使わない。機材・荷物はスタッフ自身で背負い上げる。全員、山小屋に泊まる。

これは行《ぎょう》である」と、一同にゲキを飛ばしたという。

二百日以上を費やし、想像を絶する測量隊の苦闘を再現しようとした映画であった。当時、死の山と恐れられていた剱岳。そびえたつ岩稜《りょう》と雪渓、絶壁を前に途方にくれる隊員、吹雪・雪崩・滑落など、自然の猛威の中で測量の任務を果たそうとする男たち。私は息をのんでスクリーンを見つめ続けた。

数年前、私もこの山に登った。この映画の時代と条件は違うとはいえ、69歳の私の登頂も難渋を極めた。槍ケ岳や錫杖岳とはまた違った意味での怖い山だった。私はあの感激をオーバーラップさせながら、映画「剱岳」を見ていた。

この夏も、先人のおかげで、多くの登山者がこの剱岳に挑戦することだろう。

（二〇〇九年七月二七日掲載）

幻のオリンピック

一九八一年、ＩＯＣ総会。五輪開催地ナゴヤの決定を日本人は固唾《かたず》をのんで待っていた。韓国のソウルとの決選投票が行われたからである。投票結果は、意外にも52対27でソウルに決定。「ナゴーヤ」ではなく、「セオール」と英語で発表された時には、正直、耳を疑った。関係者の落胆は計り知れないものだった。

七年後の一九八八年の開催を確信し、名古屋では、すでに「オリンピック音頭」を作り、業者は「オリンピック開催決定記念グッズ」まで準備していたほどだった。岐阜新聞（当時は岐阜日日新聞）も大々的に歓迎する報道の準備をしていた。私も新聞社からの依頼で、決定の翌朝掲載用に「オリンピックの詩」を書いていた。詩の上部には紙面一面にあふれる多数の子どもたちの笑顔がかぶせられていた。だから私も決定の瞬間を待ち構えていた一人だった。

この記念すべき一ページもボツになってしまったのだ。

後日、担当者が未発表の試し刷り（大刷り）と詩の版型を届けてくれた。幻の「記念品」というわけである。

さて、二〇二〇年の東京開催はどうなることやら。ここに来て、不利な情報が世界中に流れてしまった。柔道界での「体罰事件」である。お家芸だと自負していた柔道が、今や世界の流れに遅れを取っている昨今だっただけに、柔道に限らずスポーツ界全般での暴力問題を巡って、マスコミを中心に多様な論評が頻出した。

それらには温度差があったが、世界はこれを看過しないだろう。ＪＯＣは毅然として「暴力根絶」を宣言したのだが、世界のどこまで真実として届くのだろうか。

いま一つ、五輪からのレスリング除外問題が浮上した。野球、ソフトボールなどのほか七種目の候補と一枠を争うというが、これまた、日本の得意種目同士である。一部からは「日本いじめではないか」との声さえ出ているほどだ。

よほどフンドシを締め直してかからないと、東京も〝まぼろし〟となってしまうのではないか、と心配である。

（二〇一三年三月四日掲載）

超一流の選手たち

役得とでもいえようか。多くの文化人、芸能人、スポーツマンなどに出会う機会をいただいた。なかでも超一流のスポーツ選手との出会いは私の心の宝となっている。

マラソンの高橋尚子さんの第一印象は、礼儀正しく豊かな語彙《ごい》の持ち主だというものだった。初対面は彼女が金メダリストになる前年だったか。岐阜市のスポーツイベントに参加してもらった後、コーヒーの席を設け、市長ほか数人で彼女を囲んだ。自分の車で自宅へ一緒に帰るつもりだった父親の良明さんにも同席していただいた。歓談を終えて帰る段になったら、なんと彼女が「私、走って帰るね」と言い出す始末。自宅までは10キロ以上か。「おいおい、とんでもない」と関係者は戸惑い、父親の車へ押し込むようにして帰ってもらった。

日本陸連から、決して怪我《けが》をさせるな、サインなどの混乱は避けよ、などと強いお達しの上「お借り」（？）した日本の宝だったし、久しぶりに会えた父親の心情をも推し量ってのことだった。

それにしても、寸刻を惜しんで走ろうとする意気込みと、「走ることが好き」という日頃の言葉を直接見せられた出来事だった。

また、陸上競技の世界的スーパースターのカール・ルイス選手の自己管理に厳しい姿勢にも驚かされた。県のイベント後の夕食は、知事出席の数人の席だったが、彼はグレーのスーツに赤のネクタイという正装で礼儀正しく着席すると、遠慮勝ちに「自分はベジタリアン（菜食主義者）であり、飲酒もしないこと」を詫《わ》びたのだった。この際、お相伴で肉をぱくつき、うまいワインにありつこうなどと目論《もくろ》んでいた俗物の私は、ただ恥じ入るばかり。食事中、一貫して謙虚で高潔だった彼の姿は今も忘れられない。

王貞治氏（世界の本塁打王）や山下泰裕氏（柔道金メダリスト）との出会いでも同じ思いをしたものだ。超一流の選手たちは、共に心技体に優れ、求道者の風格さえ備えていたのが印象的だった。

（二〇一五年三月二日掲載）

自画自賛のすすめ

「自分を誉めたい」は、ご存じ有森裕子のことばである。あのバルセロナ・オリンピック女子マラソン、ゴール寸前の長い坂道、顔をゆがめ、歯を食いしばっての力走、見事銀メダルを手にしてのことばだった。厳しいトレーニングと自己管理の長い長い坂道を登りつめての大殊勲だった。彼女の健闘に拍手を送った国民の多くは、このことばにまたまた感激したものだった。自画自賛の最適の例であろう。

ところで「自画自賛」とは自画像に自分で「賛」を書くことである。しかし「賛」とは本来は描かれた人物を賞賛する文章として他人が書くものだったようである。

中尾良信著『禅』によれば、師が弟子の修業完成を認めて、その証明として、師の姿を描いた画像に師が賛(教え説くことば)を書き込んで渡したという。ところが、いつの間にやら師の画像に、賛としての誉めことばを他人が書くようになり、やがては自画像に自分で自分を誉めたたえることばを付すようになったものらしい。

だから通常は、自分の絵を自分で誉めるような「手前みそ」という意味合いで使われるようになってしまった。しかし凡人は誰も誉めてくれないから、自分の生きがいを誇らしく自画自賛することも許されてよかろう。というより、むしろ大いに自画自賛して生きた方がいいのでないか。有森氏のように大功績を残すことはほんの一部の人たちしかできないかもしれないが、凡人も一生懸命に生きている断面ごとに自分を誉め、励ますことが必要だろう。私など自己顕示欲の強い男だと思うが、かまうものかと開き直っている。

この秋、南八ケ岳の三山（硫黄岳・横岳・赤岳）の往復縦走をした。十カ所近い鎖場、四カ所ほどの鉄ばしごに助けられつつ険阻《けんそ》な道の連続を歩き切ることができたのである。古希の男がささやかな生きがいを感じ、生きる自信をちょっぴり頂いた出来事だった。お粗末な自画自賛とお笑いなさるな。

（二〇〇五年一一月二八日掲載）

オリンピックの感動ふたたび

いよいよロンドンオリンピックが開幕する。世界情勢に暗雲が垂れ込めている昨今だが、真に平和の祭典であってほしいものである。選手たちには思う存分に力を発揮してほしい。

過去にも五輪をめぐる悲喜こもごもの感動場面は数え切れない。マラソンのゴール寸前で夢遊病者のようにへたりこんだ女性選手。怪我《けが》した相手の脚を絶対に攻めなかった柔道選手。周回遅れでゴールしても、にこやかだった発展途上国の水泳選手。成功と失敗と、勝者と敗者と…。

なんといっても感動の秀逸は、シドニーオリンピックでの高橋尚子選手のマラソン優勝。あの感動は、もう十二年も前のことなのに、昨日のことのようによみがえる。ひたひたと後ろに迫るシモン選手、ＴＶの前で手に汗し、声も届けと絶叫していたものだった。ゴールのなんと遠かったことか。しかし、ついにやったたあ。金メダル獲得である。

あの瞬間、あの感激。私の感じた透明感は一体、なんだったのだろう。シドニーの光と風をまとって走り抜けたＴＡＫＡＨＡＳＨＩ。全身がしなやかなバネとなって、応援する日本人と、呼吸を共にして走り通したＱちゃん。彼女の細い腕がゴールテープを切った時、笑顔が一瞬、苦しみに歪《ゆが》んだが、すぐに白い歯が光った。歓声は日本中に広がった。岐阜県人の歓喜はまた格別だった。

彼女は〝練習の虫〟の代表格といわれていた。それは自分との長い長いデッドヒートでもあった。そして、ついに、自分に勝ったのだ。しかも、「楽しみながら走った」とのコメント。あの爽やかさに私たちは酔い痴れたのだった。だから、あの透明感を、私は今も忘れない。

さて、ロンドン。どんなドラマが私たちの前に展開することだろうか。勝敗を超えた人間ドラマにこそ、大いに期待したいところだ。


（二〇一二年七月二三日掲載）

サッカー今昔

ワールドカップでいま地球全体が熱い。世界的な関心ではオリンピック以上だといわれているが、今回は総観客数三百三十七万人、テレビ視聴者数三百億人と予想されているとか。私もテレビ熱中組の一人である。

ジーコジャパンへの期待は大きく、総合力ではこれまでの日本代表で最強チームといわれてきた。が、世界の現実は厳しかった。例えば、オーストラリアとの初戦、残り六分での3点はまさに悪夢だった。努力精進を重ねた上、日本の期待を一身に背負っていた彼らの茫然《ぼうぜん》自失の姿はいかにも痛々しかった。しかし結果は問うまい。彼らの健闘にこそ惜しみない拍手を送ろうではないか。

この半世紀、日本のサッカー界の発展は驚くばかりだった。Jリーグ設立（一九九一年）前後だったと思う。サッカーのテレビ放映が珍しいころだったとはいえ、選手がヘディングをするたびに、観客がどっと笑った。ヘディングを見慣れていなかったのだ。これはサッカー関係者には寂しい光景だったろう。

五十余年前、私は高校でサッカーをやっていた。当時は革を縫い合わせたチューブ入りの重いボールだった。口元をとじひもでくくってあるので、運悪くヘディングがその部分に当たると、ミミズばれができるほど痛かった。雨でボールが濡れるとゴールキックがセンターラインを越すことはめったになかったし、ウイング（FW）からのセンタリングもゴール前まで届かないことが多かった。グラウンド、スパイク、技術、試合運び等も前近代的なものだった。

しかし、Jリーグ発足で爆発的な人気を呼び、熱狂的なサポーターが多数出現するに及んで様相は一変した。レベルも格段にアップし、今回も世界三十二カ国の一つとして堂々と戦い、国民に夢を与えてくれている。一つのボールを追いかけ、激しくぶつかり合う「ひたむきさ」は昔も今も変わらない。この原点をいま一度思い返し、日本のサッカー界がプロ・アマ共に心技体にわたり一段と飛躍することを期待したい。


（二〇〇六年六月一九日掲載）

W杯からの期待

アパルトヘイトを払拭《ふっしょく》し、今や「虹の大地」と自らを誇る南アフリカでのサッカーW杯は無事に大成功で終了した。民俗楽器ブブゼラのけん騒と共に忘れられない大会となるであろう。自称サッカー狂の私は、早朝三時からのTV放映はほとんど付き合った。なかでも、日本チームの健闘の連続には文句なく感動して観戦した。

身体的劣勢をカバーした運動量と結束力は世界を驚かせた。あの強豪ぞろいの一次リーグを突破し、決勝トーナメントへ進出したことはあっぱれというほかない。カメルーン相手、本田選手の1点を全員で守り切った第一戦。第二戦オランダ戦ではスナイデルのロングシュート一発に泣いたが、組織的守備力の自信はここでつかんだ。次のデンマーク戦、長身の相手の壁を越えてのフリーキック2得点は今大会のボールの特質をよく読んだ見事なキックと高く評価された。3点目の本田選手から岡崎選手へつないだ友情ゴール？も語り草となった。

いよいよ決勝トーナメント第一戦、延長まで戦っても0対0、結局PK戦、敗戦。しかし戦前の予想をくつがえしてここまで走りぬいて敗れた潔さは美しかった。勇気をもらった、やる気が出たなどと日本中が明るくわきかえった。このことが疲弊した日本の「国家力」に大きな起爆剤となってくれればありがたい。

一方、優勝したスペイン。世界中が注目するなか、国王・王妃や総理大臣に勝利の喜びを報告した後、マドリード市街をオープンバス二台で華やかにパレードした。同市に長く住む私の兄の話によれば、いまスペインの国家的財政危機はギリシャ並み、失業者19・9％、二十五歳以下の若者失業率は40・5％、好転の兆しなしとか。そんな折、世界の頂点に立ったのだ。赤シャツずくめで、熱狂的にしかも整然と凱旋《がいせん》を迎えたスペインという国。その若者たちを中心とした復元力に望みを託すほかないと、兄は言っていた。

それはそのまま、日本への期待の声でもあろうと私は受け止めた。

（二〇一〇年七月二六日掲載）

ぎふ清流国体

岐阜メモリアルセンター北西の入り口近くに、岐阜国体（昭和四十年）の折、昭和天皇が詠まれた短歌碑がひっそりと建っている。〈はるる日のつづく美濃路よ若人はちからのかぎりきそひぬるかな〉の一首である。率直で大らかな国体賛歌である。

あれから約半世紀、本県での国体開催が、このほど正式に決まった。久しぶりに様々な感動や出会いが、また生まれることだろう。

私は前回、「東洋の魔女」たちのバレーボールを高山市で観戦した。たわいない話だが、アタックのたびにおヘソが見えるというおまけが付いていたので、記憶が鮮やかなのかもしれない。高松宮が気軽に足を組んで椅子に掛け、八ミリカメラを向けられていたのも印象的だった。市内散策中、道を尋ねたら、分岐点までわざわざ案内してくださった初老の方の親切も、いま思い出す。もっとも、私は正式には、同市でのハンドボールの副審判や雑役という一役を担っていたのだが、そちらの記憶は少ない。

当時は、いわゆる国体プロ選手を開催県が多数招き入れ、得点稼ぎに貢献させる風潮が強かった。したがって開催県の天皇杯・皇后杯獲得は至上命令だった。しかし、今は違う。

だから、来るべき国体は、古田知事の「選手や大会関係者だけでなく、子どもから大人まで、すべての県民の皆さんの心に炬火を灯し、かけがえのない思い出を残す大会にしたい」という願い（県広報六〇〇号）を軸足とした新しい発想の運営を期待したい。前回の炬火《きょか》リレー最終ランナーが、時を経て、現在の知事であるという「貴重な偶然」も、企画にどう生かされるか興味深いところだ。

三年後の清流国体が、県民に「かけがえのない思い出」を残すとともに、岐阜県の「心と自然の美しさ」を全国に発信する絶好機でもあろう。「晴れやかな岐阜県」「また来たい岐阜県」という好印象をお土産としてお持ち帰りいただきたいものである。

（二〇〇九年八月二四日掲載）

国際技スモウ？

川柳雑誌「柳宴」（岐阜川柳社・発行人小林映汎氏）を毎月送っていただいている。作品からにじみ出る人間味や直感の輝き、軽い風刺・強烈な批判などに門外漢の私も共鳴するところ多く、楽しんでいる。この二月号「時事川柳広場」（担当大島凪子氏）に引用されていた次の二句には、笑って過ごせないものを感じた。

〈大相撲国技にあらず国際技〉（静子）

〈そのうちに草原となる土俵上〉（正隆）

大関栃東の初場所優勝は正直言ってうれしかった。日本人力士が優勝したのは、一昨年の秋場所以来八場所ぶり。千秋楽の結びの一番、栃東の右腕が米俵でもヒョイと置くように朝青龍を上手出し投げで破ったのだった。「やったあ、日本人が勝った？」「勝てる日本人が、まだ、いたのだ？」と夢中で拍手をしたのだが、しかし寸時を経ないでこの拍手に複雑なうしろめたさを感じてしまった。

日本人だ、外国人だと言っている度量の狭さ、十カ国以上六十余名に及ぶ外国出身力士のハングリーな健闘ぶり、特にモンゴル出身者の台頭、日本人力士のふがいなさ、などが頭をよぎったのだ。

朝青龍が照れながら言っていた。「トリノオリンピックへの声援は日本人に八割、モンゴル選手に二割ぐらい送ろうかな」と。この気遣いのけなげさ。

先の川柳ではないが国際技でもいいではないか、草原の国モンゴル出身者ばかりが活躍しても仕方ないじゃないか。琴欧州はじめヨーロッパ勢も出てきたぞ。

でも待てよ、それにしても日本人が弱すぎる？　その遠因は戦後日本の物質的豊かさにあるのではないか。ハングリーを知らないのだ。ハングリーになれないのだ。とすれば、何も力士だけの問題ではない。もっと根源的なものなのだ。栃東優勝を、単純に喜んでいいのか。日本人のアイデンティティーの喪失と嘆くべきなのか。栃東への拍手の手をどう納めたものかと、今、私は迷っている。

（二〇〇六年二月二七日掲載）

その四（10話）

短歌の道のり

地方文化の底上げ

短歌・俳句・川柳・俚謡・連句など、どの文芸団体も、会員の高齢化や減少傾向、諸経費の高騰などに加えて、世話役の人材不足など深刻な問題を抱えていると思う。「岐阜県歌人クラブ」の事務局を私があずかっているので、それを例に見てみたい。創刊は昭和二十五年三月、以来五十七年間、毎月欠くことなく機関紙（会員作品掲載が主）を営々と発行しつづけ、本年一月をもって六八一号となった。この歴史は重く、先輩たちの熱意と結束力には敬服のほかない。まさに全国にも誇りうる文化活動の継続だったと思う。

しかし問題は多い。平均年齢は六十歳代後半か（不詳）。かつて千三百人ほどいた会員が、いまでは半数の六百五十人となってしまった。日常の生活が忙しくて世話役の成り手が少ないので、相当な高齢者でも仕事を分担せざるを得ない。頭が痛い。

だからと言って、将来に光がないわけではない。

県や各市町村などの文芸祭への応募数は、堅調で底堅いし、それらの文芸祭に少年の部が設けられ、応募人数が増加傾向にある。昨年、岐阜市在住の高校生が「短歌研究新人賞」を受賞したし、岐阜市出身の大学院生が「角川短歌賞」を受賞、二大タイトルを県関係の女性が獲得してくれた。若い潜在パワーに期待が持てそうである。

ところで「歌人クラブ」創刊号・結成のことばには「短歌愛好者が会派閲歴を超えて自由に大同団結し、平等の立場で相互の研究と交友親睦をはかる」とある。半面、同人誌や結社誌などは、力量によって自ら序列ができたり、いわゆる師と仰ぐ先達が存在し、厳しい修行と評価が伴うものだが、そうしたことをこのクラブ組織に求めては設立の趣旨に反するというものであろう。

困難は多いが、こうした地道な活動が、地方文化の底上げや裾野拡大に貢献し、会員の生きがいを支援しているのだと考えたい。

（二〇〇七年一月二九日掲載）

新聞投稿からの出発

戦後の混乱と貧しさの中で、『啄木歌集』を偶然手にした私は、その作品にすっかり心酔してしまった。寒村に住む新制中学二年生でも、心は餓《う》えていたのであろうか。啄木短歌の虜《とりこ》になり、その模倣を二、三年間続けた。

新聞投稿の道を知ったのは高校生になってから。

〈雪つもる峠の道をひたすらに危篤の父を思いつつ急ぐ〉の一首が、高校三年の時、土屋文明選で、新聞に載った。跳び上がって喜んだものだった。

かくて、二十歳までは全国紙、地方紙など新聞の投稿マニアで過ごした。度々の掲載にすっかり有頂天になっていた。

〈朝なさないつものバスに乗りてくる若き女のまつげの長し〉

〈淋しさに耐えられずして出で来たるこの広場にも人影はなし〉

なんとも幼いが、無知とは恐ろしいもの、恥ずかしながら一人前の「歌づくり」

になったつもりでいた。当時は短歌雑誌など知らなかったから、もっぱら新聞オンリーだったし、それで十分満足もしていた。

ところが、大きなショックが待っていたのだ。

二十三歳で木俣修主宰「形成」に入会した。その夏、伊豆修善寺での全国大会に初参加。自信作（と思っていた）は、互選で見事に、0点。木俣先生の評言、ひと言もなし。田舎の天狗《てんぐ》は、うちのめされて帰るほかなかった。

その後、木俣先生が病没され「形成」は解散したのだが、それまでの三十五年間にわたり、その薫陶を受け、なんとか自作を多く残すことができた。それにつけても、あの無鉄砲だった投稿マニア時代も無駄ではなかったのかな、と今では妙に懐かしい。

（二〇一〇年一一月一六日掲載）

古本屋さん

読書の秋である。

私は少々アルコール気分でのバス待ち時間などに、近くの古本屋を時々のぞく。掘り出し本や希少本を探すというのではない。安くて楽しそうなものを、瞬時に見つけ、申し訳ないような値段で買うのである。

先日、どれでも百円のコーナーで『短歌のあらまし』（昭和三十七年・木俣修著）というのを見つけ、買って帰った。半世紀近く前に出た本である。内容は、短歌とは何か、短歌の歴史、短歌作法、短歌鑑賞法、現代短歌鑑賞といったもので、初心者向けの概説本である。

思いがけずもその中に、私の若いころの作品が鑑賞例として使われていた。三、四人が批評し、それを著者が総評するという形でまな板に乗せられていたのである。

〈一人の吐く煙草のけむりに眼を集め無口なり夜学の休み時間は〉という作品だっ

た。大半は佳品として認めてくれていたが、吉野昌夫、木俣修からは表現上の指摘も加えられていた。

それにしても、こんな本を入手できてうれしかった。一人歩きをしていたわが分身に再会したようで照れくさくもあった。

かつて当地で開かれた古本市に、拙著が三種類ほどリストアップされていて、照れくさいやら淋しいやら、なんとも複雑な思いをしたことがある。私の本はほとんど無料で進呈したものが多いはずなのに、どなたが手放されたのか、古本市に出て値がついているというのである。会期の最終日、残骸《ざんがい》となっているであろう私の本を、セガレにこっそり買い取りに行ってもらったら、売れてしまっていたという。捨てる神あれば拾う神ありである。驚いた。

最近、小説などは古本屋で買うことが多くなった。古本屋さまさまである。今は秋の夜長、司馬遼太郎の文庫本、八巻物と十巻物の世界にどっぷりつかっているところである。

（二〇〇九年一〇月一九日掲載）

木俣修生誕百年

〈水の香のきよきこの夜瀬《よる》をのぼり瀬をくだる稚《わか》き鮎をしおもふ〉（木俣修）

修には県内に取材した短歌も多い。この歌は昭和二十六年六月初旬、文学仲間と長良河畔十八楼に一泊した折の作である。

修は滋賀県出身、北原白秋門下の俊秀として宮柊二らと共に若くから活躍、後半生は昭和女子大や実践女子大の教授を勤めつつ、四十七歳で短歌雑誌『形成』を創刊し、全国に多くの門下生を育て、昭和五十八年四月四日、七十七歳で没した。

その木俣修生誕百年記念の会が、この四月八日東京で開かれた。二百余名が集まり、あらためて故人の文学に思いを致したことだった。私も発起人の一人として参加した。

修は「愛情ゆたかな、そして人間的な切ない抒情の文学世界を基底とした作家」（松井利彦）であり、「文語定型の高い格調を堅持し歌の律動感を大切にした歌人」（来嶋靖生）だったから、人間主義の理念に立ち、表現に厳しい人だった。

私は二十三歳で入門させていただいた。結社の功罪はいろいろ言われているが、私は「形成」入会のおかげで、修練の場をいただいたし、修を信じ、修にかわいがられ、修に鍛えられたと思っている。

私の第一歌集には先生の毛筆の序歌五首を巻頭に飾らせていただいたが、これは破格の厚遇だった。しかし、四冊の歌集、一冊の短歌紀行集を出したものの、先生の期待からははるかに脱落してしまった不肖の弟子であった。

〈死なばみな空なるものをなにしかもいまもはげむやいのちにかけて〉先生の最晩年の作。

今回、講演や懇談を通じて、歌人木俣修への不勉強を痛感させられた。先生没後、どの結社にも属さず、修に殉じたかの行動を取った私は、実は怠惰に流れただけではなかったか。先生に深く学ばないで、よく門下生づらをしていたものだと自戒したことだった。


（二〇〇六年四月二四日掲載）

バリアフリーからの自立

半身不随になった兄の、生活自立ぶりには身内ながら感心させられることが多い。その兄が、かつて「短歌をやりたい青年」として紹介してきたのが、今井隆裕君だった。彼は兄の勤務先で進行性筋ジストロフィーと闘っている患者さんだった。きわめて不自由な手でワープロで打った作品が送られてくる。添削して返す。こうした形で彼の熱意に当初は応えていたが、その感受性の新鮮さといい、語句の使い方の器用さといい、やがて彼らしい力量を発揮するようになった。

エッセー集を一冊、歌集を二冊世に出し、「岐阜県芸術文化活動等特別奨励賞」や「岐阜県歌人クラブ新人賞」を受賞するに及んで、彼は完全に私から自立していった。

呼吸器を装着し、ペースメーカーの助けを借り、すべての身辺介護を必要としながらも、北海道旅行やオーストラリア旅行までやってのけている。さらに二年前、私を驚かせたのは病院を出て一軒家で「自立生活」を始めてしまったことだった。終日ボランティアの手を借りるとはいえ、今は彼の「自立への念願」がかなっているというべきなのだろう。短歌への意欲も衰えていない。彼を屹立《きつりつ》させているものは何か。

先日『車椅子から青空がみえる』の著者松上京子さんの感銘深い講演を聴く機会を得た。二十六歳の時、バイク事故で脊髄《せきずい》を損傷し、以後車いす生活。アメリカ留学、結婚、二児の母、カヌーでカナダの大河を下る…といった強靭《きょうじん》な生活力を持った女性である。

「人はどんなに体が不自由で、他人に手助けをしてもらうことが多くても、自分の意志を持ち、何をしたいか、そのためにどうすればよいかを考え、行動しなければいけないのだ」という彼女の言葉は健常だと自認している私よりも、はるかに健全な考え方を示してくれたし、今井君の行動の根幹をも理解させてくれる言葉だったように思う。

（二〇〇四年三月二一日掲載）

青年歌人の死

「よく過ごした一日が安らかな眠りをあたえるように、よく用いられた一生は安らかな死をあたえる」（レオナルド・ダ・ビンチ）

今井隆裕君は筋ジストロフィー症のため十歳で入院、病と闘いながら短歌に「生の証」を多く残し、昨年末五十歳で亡くなった。私が短歌の相談相手を始めたのは彼が十七歳の時だったが、当時の医学界では二十歳が限界と言われていた難病だったので、当初、彼との間には原稿や手紙が忙しく往来した。硬直が進む不自由な手でパソコンから打ち出されてくる作品には、情熱がこもり悲愴《ひそう》が漂っていた。それは正岡子規の晩年をも思わせるほどだった。

三十歳のエッセー集『春を待つこころ』では、岐阜県芸術文化活動等特別奨励賞を受賞。三十四歳で出版の第一歌集『いのちの旋律』は岡井隆氏の解説文付きで全国版となった。その冒頭の一首、〈流星のあまた降りそそぐ夜は更け金色の羽根の生えないものか〉には哀切な希求が詠まれている。

人工呼吸器、ペースメーカー装着の身でも、作歌意欲は衰えない。三十六歳で岐阜県歌人クラブ新人賞受賞。四十歳で第二歌集『ほおずき色の雲』を出す。

難病を克服して自立生活をしたい。自分がそのパイオニアになろう。彼の願いはふくらんだ。その結果、四十歳にして退院、借家住まいを始める。不安いっぱい、賛否あるなかでの一大決心だった。寝返り、排泄、食事などすべて自力では不能、パソコンも次第に使えなくなる。家族やボランティアらによる二十四時間サポート体制が組まれる。驚くかな、こんな生活が十年間続いたわけである。彼は「金色の羽根」を手に入れたのだろうか。

そしてついに五十歳。誕生祝いがボランティアら五十余名で開かれたが、なんとその三日後、彼は燃え尽き、旅立って行った。まさに「よく用いられた」凄絶《せいぜつ》な一生を、彼は生き抜いてくれたと思う。今は病から解放されて、安らかに眠っていることだろう。

（二〇一一年一月二四日掲載）

歌人山川京子と郡上

梅雨の合間の暑い日だった。一度お目にかかりたいと思っていた歌人、山川京子氏を東京荻窪のご自宅に訪ねることができた。八十二歳とはとても思えない凛然《りんぜん》とした和服姿に迎えられ、庭に面した座敷に通された。つくばいには四十雀《しじゅうから》が姿を現し、緑陰は涼しげだった。

夫君は現郡上市高鷲町出身の山川弘至氏。彼は折口信夫（釈迢空）に学び、若くして詩人・国学者として出版物もあり、将来を嘱望されていたが、昭和十八年召集を受け入隊。岐阜、福知山を経て台湾へ出征。残念ながら終戦四日前に爆死した。数え年三十歳。

入隊五日前に急いで結婚していた京子夫人（東京出身）が、夫のふるさと郡上に彼の家族らと残された。

入隊後、弘至は妻あてに膨大な量の書簡を送り、「短歌をつづけ、力量をつけよ」

「時々東京へ出て勉強しろ」などと励まし続けた。

それに応えて京子夫人はやがて上京。夫と同じ大学に学び、短歌の道を究めることになる。その後、時を得て短歌同人誌『桃』を創刊。歌人として大成、『日本近代文学大辞典』（講談社）に名を連ねるほどになった。

その『桃』が、この五月で五十周年、通巻六百号記念号を出した。毎月欠かさず発行し続けたことになる。壮挙というほかない。一生涯山川姓を貫き、若き日の夫の督励を一途に守り抜いた。潔い一日本女性の強靭《きょうじん》さに私はあらためて感動した。

〈つたなかる歳月なりとかつは悔いよくぞ耐へしとかつは慰む〉（京子）

六百号巻頭歌の一首である。平坦《へいたん》でなかった歴史がよく詠まれていて感銘深い。

岐阜・郡上をふるさととし、詩心の泉を奥美濃の山河であると、かつて歌集あとがきに書いていた京子夫人が、私の眼前で岐阜や郡上を語る時、いかにも懐かしげな眼差しをされたことが、今も忘れられない。心あらたまる訪問だった。

（二〇〇四年七月一一日掲載）

古今伝授の里

会場から思わず笑いと温かい拍手が起こった。「古今伝授の里短歌大会」表彰式でのことである。

孫のつくった短歌を受けて祖母が答えた一組の贈答作品が、全国応募の中で優秀賞六点のひとつに選ばれたのである。

〈今日もまたオセロにしょうぎぼくのかち弱いばあちゃん大すきなんだ〉

（孫・坂野心）

〈いつまでも弱いばあちゃんでいたいけどそろそろ変身、本気で勝負〉

（祖母・坂野加代・愛知県東海市）

表彰の壇上には、いかにも茶目っ気たっぷりな「孫」が野球帽を斜めにかぶって現れると、その脇に、これまた元気いっぱいの「祖母」が立つ。作品内容とぴったりでほほえましい。

核家族化が固定し、家庭崩壊が言われ、児童虐待が多発し、家族の絆さえ失われがちな昨今。坂野家の人間関係のふくよかさは、ユーモラスで温かく、会場を沸かせたのだった。

古今伝授の里は郡上市大和町にある短歌ゆかりの文化施設。かつてこの地を治めた東《とう》氏の九代目、常縁《つねより》が古今集研究の第一人者と言われた由来によって、大和町が創設したものである。歴史遺産を生かし、美しい自然環境の中にモダンな記念館や文学館、フランス料理店などを設け、多様なイベントにも取り組んでいる。冒頭の大会もそのひとつ。ＮＨＫ全国大会との隔年開催である。今回は「自由題」のほかに「贈答歌の部」を設けたのである。

ご多分に漏れず、運営は大変なようだが、秀作が多数応募されるのだから継続を期待したい。庶民の文学となった短歌の愛好者は一般に高齢化しているが、若い世代にも新しい芽吹きがある。

（二〇一一年一〇月三一日掲載）

本音

〈長電話にイルカのかたちの雲は消え母が本音をやっと切り出す〉

この八月、郡上市で開かれたＮＨＫ学園古今伝授の里短歌大会で、約二千五百首の中から選ばれた愛媛県の檜垣実生氏の「大会大賞」作品である。

作者と離れ住む母親からの長電話。本音に入るまでの老母のためらいと遠慮、それをじっと我慢して聞き届けてやっている作者、ここには切ない物語の一端が顔を出しているように思える。本音と建前を器用に使いこなして世渡りせざるを得ないのが、この世のつらさなのだが、本音の吐けるわが子があって、この母は幸せと言うべきだろう。

ところで本音といえば、川柳雑誌『柳宴』九月号巻頭に鷲見敏彦氏が「本音の川柳」と題して「川柳は本音で書かないと読む人の心に響かないということばに賛同はしつつも、そのむつかしさを実感している」旨、書いている。私もそうだろうと思う。

敏彦選のうち、次の句などは本音そのものだと思って読んだ。

〈美しく撮ってと無理を言ってみる〉千枝

〈計量のカップいらない妻の味〉三花

〈ビール飲み損得なしの政治論〉邦弥

読者も同感、異議なし、なるほど、やられたな、などと作者にゆさぶられるから、川柳を読むのは楽しい。

文芸作品は総じて、リアリズムであれ、フィクションであれ、具象・抽象、自由律・定型律、長・短などの別なく、いずれもその基盤には人間の本音（真実）が位置づいていなければ読者の心を打たないと思う。

歌人の近藤芳美はこれを「詩の内的必然」と言い「心中のやむにやまれない何か」とも言っている。同じく歌人の木俣修は「喜怒哀楽の内面波動」と言っている。

それにしても、本音を言うことも、書くことも、共にむずかしいものである。

（二〇〇九年九月二一日掲載）

九十七歳、消せない記憶

〈異国民の土を耕やし村つくり国威高揚を疑わざりき〉

第六回「八月の歌」（朝日新聞社主催）には、全国から一般の部に千百六十二首の応募があった。そのうち最高賞の五首に、冒頭の栃原よ志ゑさん（高山市清見町・九十七歳）の作品が入選した。

旧満州の開拓民として新婚早々に大陸へ渡った彼女は『岐阜県満州開拓史』に詳細な手記を寄せている。「王道楽土」を疑わず働き続けた五年有余。夫の現地での出征、抑留（そして死）。二歳の長男、一歳未満の長女を抱えての恐怖と護身。すっかり逆転した現地状況での苦闘の日々。おんぼろさんぼろの母子三人での引き揚げ…。

そして今、九十七歳。他人の土地を奪い、国威高揚のため村つくりに励んだ七十年前の事々が、記憶から消えることはない。〝せめてものおわびとして〟「微風の会」

の趣旨に賛同して創立と同時に会員となった。この会は、旧満州地域の学生に奨学金を送るなど多様な活動を地道に続けている団体である。

〈日本のおばあさんと呼ぶ奨学生学びて香れ健やかにあれ〉

これは私ども岐阜県歌人クラブ発行の機関紙、本年四月号掲載の栃原作品。現在も毎月四首の投稿を守りつづけている栃原さんに、幸い、お目にかかる約束ができた。

ご自宅でお迎えいただいた時、まずその雰囲気の若々しさに驚いた。お話がまたよかった。苦難を乗り越えてこられた人の達観とでもいえようか、気負わずに淡々と思い出の数々をご披露いただき、記憶力の確かさや筋の通った話に、つい引き込まれて拝聴した。

引き揚げ当時三歳だったというご長男（七十一歳、校長ＯＢ）も同席くださり、日焼けした笑顔で、母親を見守っておられる姿が印象的で、現在のよ志ゑさんの幸せなご家庭をうかがうことができた。

敗戦後六十九年、八月十五日が過ぎたばかりのある日、貴重な生き証言に触れられたひとときだった。

（二〇一四年九月一日掲載）

その五（17話）

文化連綿

やま道ギャラリー

かなりユニークなギャラリーだと思う。何せ登山道脇の風雨にさらされていた掲示板をギャラリーに仕立てたのだから—。

所は金華山山頂（三二九メートル）。昨年八月から始め、写真、水彩画、俳句、絵手紙、木版画など、月ごとに展示替えをしてきた。ケース式の掲示板でないので、作品は風雨にも耐えられるようにラミネート加工した平面作品に限られるのは残念だが、多くの登山者や観光客が立ち止まって鑑賞してくれているのでうれしい。

心ない登山者が山道を荒らしてしまう、といった非難の声は私たち早朝登山仲間にも耳の痛いところだった。「オレらは心ない登山者じゃないぞ」「ごみも拾っとるしな」「健康なだけでも市や国に貢献しとるんやないか」「それでも道が荒れたことも事実やねえ」などの雑談から、この「やま道ギャラリー」の発想が生まれ出た。

私たちもささやかだが、金華山への感謝を示したい、というわけでボランティア活動を立ち上げた。世話人会を中心に、「登山道にも文化の香りを」と活動を始めたものである。幸い、市や国の許可も下り、既設の掲示板を借用できた。

個人・団体、有名・無名は問わない。展示は無料。私も健康維持のため〝先輩〟にならって金華山早朝登山を始めて十一年、今回世話人の一人として仲間たちとギャラリーの仕事ができて感謝している。

これがきっかけで「金華山サポーターズ」にも加わることになった。岐阜市が本年から金華山再生への活動を本格化させるという。折しも小学館が「名城をゆく」シリーズの第一号に「岐阜城」を発刊、私も早速入手したが、この美しい写真や歴史解説に引かれて金華山来訪者が増えるのではなかろうか。

この人たちの疲労回復にも「やま道ギャラリー」がお役に立てれば幸いである。

（二〇〇四年二月一六日掲載）

「あなたの一冊」

読書の秋である。とはいえ、この言葉、読書量の少ない私には、昔から脅威であった。スポーツの秋、食欲の秋などの方が断然身近で大歓迎である。

ある時、尊敬する先輩M氏が「私は年間で身長分以上は本を読むことにしている」と言われたことがあった。もちろん積み上げた高さである。私など「立ててでもつないでも怪しいなあ」と恥じ入ったことだったが、ある年、私も挑戦してみた。読んだ本の厚みを根気に集計していったのだが、「身長分」は大変なことだと実感した。

ところで、雑誌や新聞などのアンケートに「あなたの一冊」というのがある。きわめて印象深いとか、教えられたとか、一生を左右したとかいった一冊の本があったらそれを答えるものである。これには私でも自信を持って答えられる本がある。『啄木歌集』(石川啄木著、実業之日本社、昭和二十三年刊)である。昭和二十四年、私は寒村の新制中学二年生。父の話で聞いた「薄幸の詩人タクボク」が頭のどこかいていたのだろう。村に一軒しかない本屋（雑貨屋の壁面に本を並べて売っていた）で、偶然見つけて手に入れたものだった。今、その本を見ながらこの稿を書いているのだが、紙質も製本も当時のことだから、実にお粗末なものである。しかし、ところどころに赤鉛筆の落書きが、私の稚拙な字で残されている。思えばこの本である、前途の夢など茫漠《ぼうばく》としていた十四歳の少年を「とりこ」にしたのは…。

啄木の真似《まね》を私は始めた。戦後の混乱やわが家の貧しさが、啄木の短歌と、私の中では波長がぴったり合っていたように思う。以来、延々と生活短歌をつくり続けてきた私の出発点は、実にこの一冊にあったのだ。

私の書架の中にこの一冊を大切に持っていることが、私の「読書の秋」における誇りだと言えようか。


（二〇〇四年一〇月四日掲載）

〈芭蕉〉を歩く

俳聖芭蕉の「旅」に込めた人生観は深遠である。『奥の細道』の冒頭にもそれは鮮明に出ている。

しかし今回は彼の健脚の話。奥の細道では一日十五キロから四十キロ近く歩いているから驚く。四十六歳（当時の平均年齢四十三歳弱）の旅が五カ月も続いた時のことだ。

かつて私は奥の細道を訪ねた折、白河の関跡や山刀伐《なたぎり》峠では実際に山道を歩いてみたものの、一日分をまるごと歩く時間はなかった。それ以来、いつか一日分だけでも歩きたいと思い続けてきた。

それが、今年の九月二十七日、ついにかなったのである。といっても、芭蕉来岐の最終日「美濃赤坂」宿から金華山ろく妙照寺までの約二十五キロであったが――。

芭蕉は一六八八年（「奥の細道」の前年）の盛夏、岐阜俳諧愛好者たちの懇請に応えて来岐、よほど居心地がよかったのか、約一カ月ほど逗留《とうりゅう》したのだった。私は「岐阜と芭蕉」などというテーマで、講演をさせていただいたことがあっても、彼の健脚には推量どまりでお茶を濁してきていた。

さて、当日は快晴。幸い山仲間のK、O、Fの三氏も同行してくれるという。勇気百倍、早朝の赤坂を六時半出発。旧中山道の標識が導いてくれる。はるか東方に金華山。始動は快調。揖斐川の呂久の渡し跡で八時。美江寺宿手前でコーヒーブレーク約二十分。四人のペースにそろそろ乱れ。旧街道が新しく広い道に吸収されたりまた現れたり。長良川は「小紅の渡し」で舟に乗せてもらうが、もう十一時近い。さて芭蕉はここからどのあたりを通ったか。われわれは最短距離の堤防沿いを行く。が、金華山は近いようで遠い。次第に無口になる四人。ペットボトルに頼る回数が増す。日照強し。

午後零時四十分、ようやく目的地に到着。長かった。エラかった。小声でバンザーイ。「それにしても芭蕉翁は偉い」とは四人のこの日の結論。彼の健脚に驚嘆した一日だった。

（二〇〇四年一二月一日掲載）

無官の狐

今年八月八日、郡上市で「ＮＨＫ学園生涯学習フェスティバル古今伝授の里短歌大会」が開かれた。全国各地からの応募作二千六百八首から選ばれた優秀作品の表彰および選評会が行われた。選者の一人として全作品に目を通しながら感じたのは、名もなき庶民の文芸へのパワーだった。そして思ったのだが、そもそも文芸の本道は、無官・無冠の庶民たちの渦巻くエネルギーではなかろうか、ということだった。

江戸後期の有名な俳人、一茶の句にこんなのがある。

〈花の世に無官の狐鳴きにけり〉

一茶は逆境の中で、俗語・方言を使いこなして独自の俳境を切り開いた人として広く知られている。私はこれまでに彼の故郷を訪ねたり、伝記などを少々読んだりはしていたが、この夏、田辺聖子の長大な小説『ひねくれ一茶』（一九九二年刊）を読んだ。あくまで小説ではあるが、一茶をナマの人間として丸ごと描き切っており、感銘するところが多かった。

母を三歳で亡くして以後、継母や弟との不和、十五歳で江戸へ出ての奉公。以後、放浪俳諧生活や五年にわたる弟との遺産折半交渉、ようやく帰郷し五十二歳で初めての妻帯、しかし生まれた子は三人とも病死、妻にまで先立たれる。加えてようやく手にしたわが家は火事で焼失。不運を絵に描いたような生涯だった。

俳人として江戸でも声望を得ていたのに、心ならずも雪深い奥信濃の片田舎に引きこもらざるを得なかった一茶は、自らを「無官の狐」と自嘲したのであろう。しかし、その彼が歴史に名を残した。一方、江戸で「花の世」をおう歌していた多くの俳諧師たちは歴史に記憶されることはなかったのだから、皮肉なものである。

無官の野狐として鳴き続けた一茶の生きざまを、超猛暑のこの夏、じっくり読ませてもらうことができた。

（二〇〇七年九月一一日掲載）

ケータイする

日本人の国語力が低下しているという。ごタブンに洩《も》れず私の国語力も怪しくなってきた。このタブンは（多聞・他聞・多分）のうち、さてどれかと今でも迷う。若いころ、愛弟子をアイデシと読み、挽茶をバンチャと読んで笑われたことがあるので、私の場合は「低下」とは言えないかもしれない。

そこで昨年から始まった日本語検定（日本語検定委員会）の二級（大学卒程度）の問題に挑戦してみた。なんとか80点以上の合格ラインは通過して面目を保つことができた。この検定は日本語の総合力測定と銘打って、「敬語・文法・語彙《ごい》・表記・言葉の意味・漢字」と多岐にわたって出題されているので、結構、苦労した。

さて、みなさん、次は、この検定の宣伝用例文。どこが間違っているか、ためしてみられませんか。

①私がやらさせていただきます。

②社長は三時にご出発される予定です。
③食べれないものはありますか。
④それでは、取り付く暇がない。

ところで、このほど文化庁が国語世論調査の結果を発表したが、それによれば、二十代の79％が辞書代わりに携帯電話を活用しているそうだ。それはそれでいいとして、ケータイ言葉だけに慣れてしまって、その便利な「機器」への過剰な依存が、また国語力低下の「危機」を招くのではないかと心配でもある。

言葉は時代と共に変化するものであるが、「ケータイする」（携帯電話を利用する）といったような奇妙な言葉が氾濫《はんらん》したり、安易に新語が生まれたりして、日本語が乱れていく。この現象は「変化」ではなく「低下」ではなかろうか。正しく美しい日本語を大切にしたいものである。

（二〇〇七年一〇月八日掲載）

エンクさん、泣く

円空仏二十一体が、ごっそり盗まれたと聞いてから久しくなるが、まだ戻っていない。悔しい話である。

十有余年前、上之保村鳥屋市《とやいち》（現関市）にそれを訪ね、地元の中島美代子さんの案内で、不動堂の金網越しに多くの円空仏を拝することができて感動したものだった。なかでも、かすかなほほえみを保ったまま、薄暗がりに鎮座する「尼僧像」は特に印象に残っている。それらが全部、盗られたのだから、情けない。

円空彫刻は、鉈《なた》ばつり。荒っぽい素朴さが、かえって力動感と象徴性を秘めている。そのぬくもりに心ひかれる人は多いが、土俗信仰の対象としても貴重な文化遺産である。

円空の生誕地と入寂地がある岐阜県に「円空顕彰会」（会長・土屋常義）が設立され、その事務局長を義父がやっていたので、彼から円空のことは度々聞かされた。

私が円空に関心を持った初めだったかもしれない。昭和四十八年、同会の座談会で、彼は「土屋先生のお供をして、過去二十年近くも方々を歩き回った」と語っている。円空仏発見に尽くし、昭和三十五年に『円空の彫刻』を出版された土屋教授から、義父は多くを教えていただいたことだろう。

しかし当時、私の知った円空は、木っ端で仏像を刻みながら、ひょうひょうと全国を旅する僧の姿、程度であった。木っ端仏は、時に子どもらの玩具となり、時にたき物代わりに燃やされることもあったという。

時を経て、評価が高まったことは結構だが、それゆえに厳重な保管を余儀なくされ、円空仏には迷惑な話に違いない。「やはり野に置け蓮華草」のごとく、エンクさんには、くすぶった祠《ほこら》や民家の古びた土蔵、お寺の片隅が、よく似合うと思う。

「どこにいらっしゃるのか、早くお帰りいただきたい」とは、円空仏を慕う、この集落の人たちの願いである。その通り。早く帰っていらっしゃい、安住の地へ。円空さんは泣いている。

（二〇〇八年一〇月二〇日掲載）

お遍路さん

四国八十八カ所霊場巡りをしていると、さまざまな巡礼者に会う。日焼け・長髪・伸び放題のひげ面に孤愁を漂わせて歩き続けている青年、リヤカーに必需品を満載して野宿も覚悟でゆったりと道端に休んでいる老人、自転車でさっそうと寺めぐりの効率をあげている娘さん、自家用車で巡っている夫婦や家族連れ等々。そしてなんといっても多いのはバスでのご一行様たち。

ここに一枚の写真がある。九月下旬私の撮ったものだが、三十歳代かと思われる青年が、参道のコンクリート上に、半ズボンからむき出しのひざのまま正座してお祈りしているスナップである。傘、数珠、輪げさ、さんや袋、杖など一応のセットは身につけているとはいえ、何となく初々しい一途さが、手の印の組み方や誦経《ずきょう》の声に現れていて、ほほ笑ましかった。

若い彼は何を背負い、何を求めてこの一人旅を決意したのだろう。煩悩《ぼんのう》・苦悶《くもん》・

妄執《もうしゅう》・懺悔《ざんげ》等々という負の世界を背負って、黙々と歩き続けてきたのであろうか。かくて、八十八番結願の寺、大窪寺にたどり着いた時、彼の求めた道に一条の光が見えてくるのだろうか。

千年以上も続くという「お遍路さん」、日本人がそこに求め続けたものは何だったのか。多くは「般若心経」を中心に〝南無大師遍照金剛・南無大師遍照金剛〟を唱えつつ、おそらく救いを願い、癒やしを求め、亡き者を追慕し、自己反省を繰り返しつつ、未来への光明を探り続けたに相違ない。それにしても、弘法大師（空海）はすごい人物だったとあらためて思う。

実は私たち夫婦も、昨春から今秋まで二年をかけ、バスツアーという簡便な手段だったが、長年の念願だった八十八カ所巡りを完遂することができた。今は成就感と虚脱感の中にふわふわしているのだが、この遍路で得たものは少なくなかったと思う。これらが発酵醸成するには、いましばらくの日時を要することだろうか。

（二〇〇九年一一月一六日掲載）

先達はあらまほし

「徒然草」第五十二段に、こんな話がある。

仁和寺の法師が長年の念願だった岩清水八幡宮をお参りするため一人で出かけて行った。が、不案内だったため目当てのお宮が山の上にあることを知らず、間違えてふもとの社寺だけを拝み、やれやれ本懐を遂げたと喜んで帰ってしまった。そして仲間に「年ごろ思ひつること、果たしはべりぬ。聞きしにも過ぎて、尊くこそおはしけれ」と感激して話した、というのである。

筆者の吉田兼好はこのエピソードを紹介したあと「すこしのことにも、先達《せんだつ》はあらまほしきことなり」と結んでいる。

私も仁和寺の僧のような経験を際限なくやってきた人生のように思う。無知や早合点ゆえ、恥ずかしいことを多く重ねて来た。

先達といえば、四国へのバス巡礼を思い出す。ここでは「大先達」の資格を持つ香川県のFさんという女性が案内をしてくれた。彼女は一見、隣のおばさん風だったが、どうしてどうして、車内では博識なバスガイド役を方言を交え軽妙な語り口でつとめてくれたし、いざ本番となれば権威と風格を備えた「大先達」として、われわれを厳格に導き、律してくれた。ユーモラスでありながらも決して崩れない気品があり、われわれは一目を置いて付き従ったものだった。Fさんのおかげで中身の濃い巡礼ができた。誠に「先達はあらまほしき」ものであることを実感した旅でもあった。

ところで、年齢を重ねるにつれ私は「知らないこと、わからないこと」が増えてきたように思えて仕方がない。と言うよりも、「知っているつもり、わかっているつもり」で過ごしてきたことが多かったのではないか、としきりに振り返るのである。

と同時に、たくさんの立派な先輩や指導者に恵まれたおかげで、今の自分があることは間違いないとも思う。まだまだこれからも、先達に頼りつつ歩き続けることになろう。

（二〇〇九年一二月一五日掲載）

戦後の忘れ物

〈父よ子もかくまで老いぬ戦ひて果てにし島に拾ふ御遺骨〉（静岡県・友井七実子）

終戦から六十五年、「子もかくまで老いぬ」の実感は、痛くて重い。しかもこの作者の中では、戦後処理がまだ終わっていないのである。

広島平和式典へ米駐日大使が今ごろになって初出席という話には驚いたが、それでもまず一歩前進という評価らしい。原爆投下へのアメリカ世論のズレがいまだに大きい結果だという。この国でも戦後処理をまだ引きずっているということか。

わが日本も戦争によるツケの泥沼からいまだに足が抜けきれていない。物の豊かさへの憧《あこが》れから生じた価値観の大変化の過程で、日本人が「失ったもの」は実に多い。義務を忘れ権利だけを主張したり、伝統的価値観までをも否定してしまったりする風潮は、このごろ姿を変えつつ、かえって増幅さえしているのではないか。

例えば生命尊重の問題。若い母親の育児放棄、殺人、死体遺棄のニュースなど、生命の尊厳思想はどうなってしまったのであろう。また最近、葬儀の形が変化してきた。「直葬」という形まで日本に出始めたらしい。通夜・葬儀を省き死者は火葬場へ直送するというものだ。犬や猫でもあるまいにと嘆かわしい限りである。営々と生き抜いた一人の人間の命の結末が、理由はどうあれ、これほどまでに軽々と始末されてしまっては用済みのごみ処理と変わらない。

さらに一つ、例の百歳以上の高齢者の所在不明問題、これも人道上、黙過できない。幸い岐阜県は全員が把握できているというから安心したが、生命尊重の根幹として、若い母親を、高齢者を、いやいや国民全員を「孤立」させてはならないと思う。日本人がかつて持っていた思いやりや近所づきあいのあたたかさなど人間愛を早く取り戻して、「人間」が人間らしく生きられる世の中にしたい。

（二〇一〇年八月二三日掲載）

国宝・バサラ神将

ようやく会うことができた。新薬師寺の十二神将の一体、「伐折羅」（バサラ、バシャラとも）像に、である。

高校時代、日本史の教科書か参考書かの表紙全面にこのバサラ神将の頭部写真が載っていたことがあった。その形相のものすごさに強烈な感銘を受けたものである。詳しく知らないまま、その迫力ゆえ、東大寺南大門の仁王像ぐらいの大きさを想像し、いつか実物を見たいと思っていた。奈良へ行く機会はあっても、どうしたことか、新薬師寺までは足を延ばさないまま今日まで来てしまっていた。

今回、幸いにも息子夫婦が奈良・飛鳥の旅に誘ってくれたので、家内共々ゆったりしたコースを組んでもらい、ようやく思いがかなったという次第である。

さて、念願の新薬師寺到着。薬師如来坐像と日光・月光菩薩への合掌もそこそこに、バサラ像へと直行した。「あれえ、思ったより小ぶりな塑像だなあ」が第一印象、等身大ではないか。

しばらく深呼吸。しかし、じっと見つめていると、やはりじわじわと迫って来るものがあった。なんと激しい憤怒の表出だろうか。怒りのため髪の毛は逆立ち、両眼は飛び出さんばかり。張り裂けそうに開いた口は何を一喝しているのだろうか。極端に隆起した顔面の筋肉にあふれる生命実感。部分的な皮膚の剥落が、かえって人間的なすご味を感じさせる。乾燥質な爽やかささえ伴って、リアルな実在感で目の前に、いま立っているのだ。写真に勝る威厳に圧倒された。

ふと、イタリア・フィレンツェで見たミケランジェロのダビデ像を思い出した。洋の東西・古今を問わず、やはり美しいものは美しい。天平時代の一大傑作ここにあり、である。

長年あこがれ続けてきたバサラ神将に、人間的親しみさえ抱き、「ようやく会えて、よかった」としみじみつぶやきながら、しばらく立ちつくした。

（二〇一一年六月一四日掲載）

薬師寺展

〈ゆく秋の大和の国の薬師寺の塔のうへなる一ひらの雲〉

晩秋の大和、薬師寺東塔の上に漂う一片の雲。佐佐木信綱の代表的短歌である。カメラのズームアップのように次第に小さく焦点を絞っていった叙景歌であり、助詞「の」の連接が興味深い作品としても有名である。

私が薬師寺へ初めて行ったのは、高校生ごろだったろうか。三重の塔（東塔）を眺めて「スマートな塔だなあ」と思ったことを覚えている。三層の屋根ごとに、それより少し小振りな裳階《もこし》がそれぞれについていたから、そう見えたのか。当時私は、この塔が千三百年の風雪に耐えた国宝とは知らなかったし、冒頭の短歌のことも、その歌碑がこの境内にあることも知らなかった。まして、その後、故・高田好胤管主らの誓願によって、大伽藍《がらん》が見事に復興することなど想像さえできなかった。東塔の全面解体修復作業も、いよいよ十年計画で進められるという。その完成をぜひ見届けたいものである。

そんな思いの折、「薬師寺展」が岐阜市歴史博物館で開かれ、今も開催中である。私は二回にわたってその至宝の数々をじっくり鑑賞させてもらい、格別に深い感銘を受けた。

例えば、現地ではほとんど拝観不可能な国宝「吉祥天女像」を間近に眺めることができたし、国宝「聖観世音菩薩立像」も、光背を外してあったので、前面、背面、側面と、その優雅さを心ゆくまで拝することができた。まさに一期一会の魂の交感ができたと思う。われわれの一生は短いが、これらの文化遺産が、これまでと同様に連綿と幾世代かの人々に守られ、鑑賞されていくのかと思うと、感慨ひとしおのものがあった。

猛暑もようやく弱まり、当地にも秋の気配が漂ってきた。あの奈良・薬師寺一帯にも、秋がこれから深まっていくことだろう。


（二〇一一年九月五日掲載）

日本語は面白い

落語の前座ばなしに「寿限無《じゅげむ》」がある。百字以上にも及ぶ前置きの末、「長助」で結ぶ名前をつけたので、それを呼ぶのに大変苦労する有名な話である。

ある公立病院の研究テーマ、「△△△野生型切除可能大腸癌肝転移に対する術後補助化学療法△△△と周術期化学療法△△△プラス△△△の第三相ランダム化比較試験」（△は本稿のため伏せ字）。むずかしい専門用語の羅列が外部者に判りにくいのは当然だが、それにしても長々と、よくぞ書き並べたものよと感心するばかりだ。

単語やら、助詞などでの接続やらにより、日本語は一文を長々と続けられるという特色がある。「お隣の奥さんの妹さんの嫁ぎ先の長男の家にご不幸があったらしい」、ややこしい話だが、日本語として間違ってはいない。日本語の文末決定性、最後まで聞かないと結論がわからないのも面白い。同時通訳の人たちが、苦労する点の一つであろう。

文化庁が国語に関する世論調査の結果を過日、公表した。「快く承諾すること」は「二つ返事」か「一つ返事」か。「うわべだけの巧みな言葉」は「舌先三寸」か「口先三寸」か。共に前者が正しいのだが、結構迷わされる。若者言葉「ハンパない」「まったりする」「…みたく…」には抵抗感をもつ人が多かった。

『あらさがし平成の日本語』（野末陳平著）には、「あら」が多く引用されていて興味深い。「面目《めんぼく》一新」「先《せん》を越される」「一日《いちじつ》千秋」「間髪《かんはつ》を容《い》れず」などは間違いやすい。「青田刈り」ではなく「青田買い」が正しい。ゴルフ用語「ドラコン」をドラゴンと、「オナー」をオーナーと間違って使う人がいる。「袖すり合うも多生（他生）の縁」を「多少」とやりそうだ、などと指摘している。

読書の秋。日本語の特色を再認識したり、不確かな言葉や、時代と共に変化する言葉などに出会ったりするのも、また楽し、である。

（二〇一二年一一月一三日掲載）

邦文タイプライター

無用の長物となってしまったのに、処分しがたい物の一つに、小型邦文タイプがある。若いころ仕事上どうしても欲しくて求めた品。小型とはいえ重く、しかも高価だった。しかし、生来の悪筆の私にとって、活字印刷が可能という魅力は、ゼニカネの問題ではなかった。これまで、ガリガリと鉄筆で原紙に向かっていた労力やら、文字下手の羞恥心やらから解放された喜びは今も忘れられない。私にとっては、革命的な文明の利器だった。

邦文タイプには膨大な漢字・かな・カナが要る。最低でも約三千文字か。二十六文字を基調とする欧文タイプとは比較にならない。それらが一文字一本の鉛棒で鋳造され、バケットというスライドするケースに納められている。その一文字ずつをピックアップし、インクリボン越しに打ち付けていくという代物だった。だから機器の構造や機能が私にでも目に見えていた。わかりやすかった。打ち出しのスピードは遅くとも、便利で有能な仲間だったから、この機器に十年以上はお世話になっただろうか。

しばらくしてワープロが出現、さらにパソコンにと、発想のまったく違う機器へと大変身。それによって事務機器プラス多様な通信機能などを内蔵した、画期的な発明の恩恵を受けることとなった。私もパソコンを今は利用している。が、その機能のどれほどが使えているか、まことに心もとない。使い方を教えてくれたセガレに「なんで、そうなるの？」と尋ねても「使い方さえ覚えればいい」と返事はそっけなかった。電子機器の使用が苦手なアナログ世代の私は、今、デジタルの日進月歩の波をかぶって、右往左往している。

だからこそ、一世代前のあの邦文タイプライターは、わが分身のように思えて、処分できぬまま仕舞い込んである。


（二〇一三年八月一九日掲載）

円空さん、造仏の妙

四月頃から利き腕の左肩に痛み。かかりつけのマッサージ師は笑いながら「ははあ、いわゆる五十肩ですな」とおっしゃる。

原因？

昨年六月から、身のほど心得ず「円空彫り」の真似《まね》事を始め、これに今、はまり込んでしまっている。月二回、講師の指導を受けるのだが、家でも暇さえあれば書庫兼「工房」へ入り込む。ヒノキの間伐材を縦割りにした材料。左手に木槌《きづち》、右手にノミ。2時間ぐらいはすぐに済んでしまう。「病い工房に入る」？という次第。

これまでに三十六体を彫りあげた。しかし当然ながら、

〈親しみて近づきゆけば拒むもの鑿《のみ》あと鋭し円空の彫り〉（拙詠）

である。

円空仏は実に親しみ深い。しかも誰でも真似て彫れそうな魅力を宿している。が、

追従を許さない。彼の魂がノミの一打一打に込められていて、よく観察すると実に計算し尽くされた「造仏の妙」に驚かされるのである。

〈その笑みの深さが微妙くちびるの厚みを彫り出す息止めながら〉（拙詠）

円空仏の決め手は、あの微妙な微笑《ほほ》みにある。土着の民らの親近感が漂う笑みとでも言えようか。モナ・リザの神秘性とは、また違う。素人の私は、まず、ここでつまずく。

〈毘沙門天の剣を持つ手に三時間費やしてなお明日へ持ち越す〉

〈手に重き木彫仏のこの胸のふくらみあたりまだ彫り足らぬ〉

というわけで、像全体のバランスも、なかなかうまくいかない。

厳しい山岳修行や諸国行脚の果てにたどりついた円空さんの境地などには遥《はる》かに及ぶべくもないが、形だけでも真似ようとあがいているのが私の現状。それでも喜寿を過ぎた男が、「五十肩」と笑われつつも、無我夢中になれるこんな楽しみを頂いたことに感謝の念しきりの昨今である。

（二〇一三年一〇月一四日掲載）

坐禅

修行などとはおこがましい。ただ、もの珍しい体験がしたくて、以前から機会をねらっていたのが、坐禅であった。誠に単純で、不遜な動機と言えよう。あえて言えば、日本人として、これくらいは体験しておきたかったからか。

岐阜市の古刹《こさつ》・瑞龍寺の清田保南老師の坐禅の末席に列《つら》なったのが平成十一年四月だったから、早くも十三年を経たことになる。もっとも四月から十一月までの月二回だけ、累計わずか二百回余程度である。

冬場は素人には寒すぎるのでとは少々過保護な話だが、それでも本年最終回の今朝など、早朝六時からの禅堂は結構寒かった。戸口や窓は全開、裏山からの風が冷たく、素足の身には風が痛いほどだった。堂内の明かりは落とされ、静寂が広がる。所定の姿勢で、目は半眼、呼吸を整え、いよいよ無念夢想の境に入る。

と言うと格好いい話。この無心の境地というのがむずかしいのだ。次から次へと雑念が浮かび、途中、警策（棒状扁平《へんぺい》なヒノキの、かなり厚い板）で背中を右左二回ずつ強く打っていただく。かくて、雑念の出没にくたびれたころ、約一時間の坐禅が終わる。

続いてご老師の法話。これがまた、いい。博識だから話題が実に豊富。今朝はナノテクノロジーの話だった。およそ禅から遠いようだが、身近な例を引きつつ、幅広く人生論に結び付けられる。

この後、粥《かゆ》座、お茶席があって、八時ころ、散会となる。

十三年の間では、ほんのわずかだが雲水修行の真似《まね》事や托鉢《たくはつ》も経験した。さぞ立派な「御仁」になれた？　答えは残念ながら「ノー」である。坐禅の真理や真髄《しんずい》などに近づけるはずもない。ましてや「解脱《げだつ》」「悟り」など、とても遠い遠い世界である。

とはいえ、禅堂でのあの一刻、なんとなく心洗われ、心鎮まる思いに浸ることができて、至福の時なのである。

（二〇一三年一二月一〇日掲載）

映画「郡上一揆」

三月末日、長良川鉄道の三両編成の列車が満席で郡上市白鳥町へ向かった。「郡上一揆」の上映会があり、神山征二郎監督のトークショーもあるというから、雨の中を私も家内と出かけて行った。

この映画は十年ほど前の公開時に見ているが、一揆の現場で再び鑑賞できるのが楽しみだった。上映に先立っての鼎談《ていだん》は、荒井誠二氏の歯切れのよい問いかけに、地元の郷土史家高橋教雄氏と神山監督の二人が答える形だったが、歴史的・専門的な話でも参会者にわかりやすくて、よかった。私は、知らないことも多かった。

江戸時代に全国で起きた一揆は三千を超すそうだが、郡上一揆はその内でも三大一揆の一つに入るという。この時代の一揆のほとんどは、検見法《けみほう》という新しい納税法によってますます苦しくなった農民たちの、血と泥の叫びの結集だったわけだが、加えて、郡上のリーダーたちは意外にも（監督の言）、学があり、高度な法的知識を持ち、強いネットワークを持っていたという。もちろん強訴《ごうそ》などの結果、江戸での打ち首や郷土獄門（さらし首）に及ぶ悲劇として終結する。

この映画の原作は演劇「郡上の立百姓」（こばやしひろし）。これを元に、同工異曲の名画に仕上げたのが神山監督である。

彼は岐阜市出身。紆余《うよ》曲折の後、若くして新藤兼人の助監督からスタートし、自身のメガホンではこれまでに三十作近くを製作した。今七十三歳、日本的な映画監督だが、彼の自伝『生まれたら戦争だった。』によれば「まともに飯が食えない」時が続いたようである。

彼の兄・勝郎氏（現朝日大客員教授）と私はご縁があったので、かつて、ご母堂の葬儀に参列したところ、有名な映画人や俳優の花輪がびっしり立っていて、「へえ、監督は凄《すご》い人なんだなあ」と感心したことなどを思い出したりしながらの白鳥町での充足の一日だった。

帰路、雨上がりの沿線には、今では、ゆったりと屋敷を構えた民家が立ち並び、開花寸前の桜が心なごませてくれていた。

（二〇一四年四月一五日掲載）

先住民族

四泊五日台湾一周というツアーに友人たちと参加した。島の南端近くで、台南から台東へと山を越したが、このあたりにぽつぽつと村があった。原住民の集落だとガイドの話。台湾は人口約二千三百万人、そのうち約２％が原住民（台湾では先住民とは言わない）だという。十七世紀ごろ中国より漢族が移住する以前から居住していた人たちを指すということだった。

世界中のご多分に洩《も》れず、国家形成の過程で従属を強いられ、野蛮、未開などのレッテルを貼られ、劣悪な辺境の地へ追いやられた少数民族の人たちの集落なのだろうか。お墓だけは不釣り合いなほど立派だったが、土地柄は貧相に見えた。

これまでの私の旅で出会った少数民族を思い出す。カタルーニャ、マウイ、インディアン、アボリジニ等々。スペインでは、ジプシー（ロマ）の花売り少女に「買わないよ」と言ったら「バカヤロウ！」と日本語で浴びせられたし、ローマでは少女のスリにポケットに手を突っ込まれたことがある。漂泊民の生きるための姿だったとはいえ、哀《かな》しい思いをしたことだった。

　さて今回の旅、途中でアミ族の民族舞踊鑑賞というのがあった。特設テントの中に設けられた舞台、ほこりっぽい客席、あまり期待をしてなさそうな観光客たち。ところが、民族楽器と民族衣装による歌と踊りの熱演だった。若者たちには惰性や投げ遣《や》りな表情はない。漂う哀感もない。私は思わず何回も賞賛の拍手を送っていた。差別、偏見、迫害の歴史を克服して、自活から自立への若々しい姿を私はそこに見た、と言えば甘いだろうか。

　国連は一九九四年以降八月九日を「先住民の日」とし、二〇〇七年には「先住民族の権利に関する国連宣言」を採択したという。先住民族の固有の権利、文化、言語、歴史等の尊重が掛け声だけにならないことをと、世界の「今」を見ながら、願うばかりである。


（二〇一四年七月八日掲載）

その六（9話）

ひと一期一会

肩書のない名刺

年末の整理をしていたら、大切に残しておいた名刺の一束が出てきた。懐かしく見ていると、その中に肩書のないものが三枚あった。今西祐行、加藤卓男、白井義男三氏のもの。もちろん肩書など不要な著名人、ここで紹介するまでもなかろう。いや紹介しては〝名刺〟に失礼というものか。

一般に名刺交換では氏名より先に肩書に目が行きやすい。肩書が「ものを言う」からだろう。だからこそ「肩書のない名刺」が使えるほどの人間になってみたいと思う。

三氏のうち、白井義男氏からこの名刺を頂いたのは十五年ほど前のことになる。その白井氏が先日亡くなった。「日本初、ボクシング世界王者　白井義男氏死去80歳」と新聞が報じたのは、十二月二十九日だった。一九五二年（昭和二十七）、ダド・マリノスから世界チャンピオンを奪ったニュースに狂喜した少年たちの中に私もいた。

安保条約発効、皇居前広場血のメーデー、破防法成立、警察予備隊が保安隊と改名（現自衛隊）など世相激変の暗い年だった。それだけに国民に夢と勇気を与えてくれた彼は国民的ヒーローだった。

それからうんと時は流れたが、その彼に待望の講演を依頼することとなり、私は招請役として東京の某ホテルのロビーで白井氏ご夫妻に会った。川崎市の自宅からわざわざ出て来ていただいたものだった。物静かな小柄で温顔の紳士だったが、「コーチのカーン博士と出会っていなかったら、また、彼の巧みな暗示にかかっていなかったら、これまでの私はなかったと思う」と熱っぽく語られたことなどを思い出す。

後日の講演会も感銘深く成功裏に終えることができた。

「白井義男」と毛筆体で印刷された一枚の名刺の重さをあらためて手のひらに感じつつ、追悼の思いに今浸っているところである。

「肩書のない名刺」、それは重厚な経歴に裏打ちされたものであるから重いのだ。形だけまねても通用しないのは当然だろう。

（二〇〇四年一月一九日掲載）

カメラばあちゃんへ

いかにも突然逝ってしまわれたんですねえ。三月九日、行年九十歳、増山たづ子さんの告別式。遺影は満面に笑みを浮かべ、カメラを抱え、タオルを首に巻いた、いつもの普段着姿、今にも声をかけてくれそうでした。

十余年前、バアちゃんと「ふるさと対談」をやりましたね。あなたは水没する旧徳山村への切なく美しい思いを「心の宝」として熱っぽく語ってくれました。素朴な語り口からにじみ出るひたむきなまごころは、聴衆七百人の耳目を集めてしまったものでした。

それ以来のご縁で、お宅を訪ねたり、自著を交換したりしました。通称「カメラばあちゃん」でしたが、ぼくはその心髄となったと思われる大らかな人柄や文化性、宗教心などに心ひかれていました。

それにしても筆まめでしたねえ。びっしりと筆ペンで書き込まれたお便り、何通も大切にしています。節くれだった指のような力強い文字、あなたのぬくもりを感じます。

「私はめぐり逢ふ人達が皆、良い人ばかり、有難いと思っています」「私達が泣き乍ら出た故郷が後の世の人達が倖になる事に使って下さる様に祈っています」「夕方空を見ましたら美しい三日月様とお星様が拝めました。皆が倖になります様に拝みました」「どんな時にも頑張って生きる事を教へてくれました川口の叔父も兄も、あの世から見ていて下さると思ひます」（原文のまま）

バアちゃん直筆の便りは、わが家の宝です。

教育者として高名だった川口半平氏が叔父、実兄は児童文学者、映画「ふるさと」の原作『じいと山のコボたち』を書いた平方浩介氏は甥にあたります。バアちゃんにもやはり、その素養が流れていたのですね。

そちらの世でも、もう人気者でしょう。叔父さんやご兄弟には会えましたか。写真、撮ってますか。また、お便りが頂けるような気がしてなりません。

（二〇〇六年三月二七日掲載）

書家と足腰

前衛書家辻太氏八十一歳の個展を拝見、その迫力に圧倒される思いだった。「地獄・修羅・畜生・餓・天・人」など、その字義を生かしつつもそれらを超えた異様な時空に、作品たちは躍っていた。全身全霊を打ち込むという言葉があるが、文字通り全生涯の情念が極太の筆で白紙にたたきつけられているかの感さえした。

氏は墨人会所属、国内はもとより海外でも各種展に多く参加、日本の書、日本のモダンアートとして高く評価されている。氏は柔らかな語り口の人だが心身共に確固とした筋が一本通っている。その姿勢は、いつ出会っても変わらない。

流派、作風は異にしつつも、県内には全国的に活躍されている書家が多い。私の知る範囲だけでも、総じてみなさん、姿勢がいい。足腰がしっかりしているということであろうか。

日展特選作家でその審査員も務められた九十一歳の座馬井郁氏。氏も実に姿勢がいい。「書家は足腰が弱っては駄目だ」と、毎朝、長距離の散歩を続けておられる。しかも自作の短歌を「書」にしたいからと、取材手帳を必ず持って出かけられる。生き方の姿勢にも厳しい方である。

岐阜県にゆかりの深い高名な篠田桃紅氏は、現在九十三歳。以前、一度だけお話しする機会を得たが、和服姿の美しさと静かなお話し振りから、品のいい五位鷺のような方だなあと感じたことを思い出す。その時、あの墨彩作品と氏の姿勢のよさが、私の中で純化融合したように思えたものだった。

丈夫な足腰が強靭《じん》な心身を鍛え、背筋を伸ばす。書家以外の人々からも、こんな教訓が聞こえてきそうである。

日本人の約65％は腰痛に悩んだ経験者だというが、足腰を鍛えなおして、人生の足腰もしゃきっとしなければならないということのようだ。

（二〇〇七年二月二六日掲載）

人間国宝・豊蔵氏の目

陶芸作品を見る目のない私は、どうしても作家名や値札へ先に目が行ってしまう。しかし今回は少し違っていた。岐阜市の画廊光芳堂の「唐九郎・豊蔵・半泥子展」は安心して鑑賞できた。それは、雲上の逸品ばかりの展示だったからである。

特に、思い出のある荒川豊蔵氏の作品が、身近で手に取るように拝見できてうれしかった。なかでも私は志野茶碗《わん》に心ひかれた。ふっくらと柔らかい重量感、火色のにじむ地肌、筆太な鉄絵を包み込む志野釉《ゆう》のぼってり感などが、殊にいい。

四十年も前のことになるが、虎渓山の水月窯で豊蔵氏にお会いし、お話しさせていただく機会があった。短歌の取材のためだった。県の文化財の仕事をやっていた義父の仲介があったとはいえ、無名の一青年のために時間を割いていただけたのは幸運だった。気軽にもろもろのお話をいただけたのだが、その中で「陶芸は偶然が生み出す美だよ」とおっしゃった言葉を、今も鮮明に覚えている。

先生は、その席でお抹茶を点《た》ててくださった。義父に出たのは真っ黒な欠けた茶碗だった。それは鎌倉時代の出土品で値はつけられないほどの貴重品とのこと。私に出たのも、すごく高そうな志野。「君のは、どう思う?」と先生に問われたが、私に評価などできるはずなし。そこで先生、「そこいらに売っている安物ですよ」と笑っておられる。ふと、親しみを感じたことだった。

その日、久々利の大萱では、お弟子さんから「先生に学ぶのは、技ではなく、心だ」などと貴重な話をじっくり聞かせてもらえた。

〈偶然を生かす力のきびしさか志野の白釉のゆれに手を置く〉

〈飲み終へし器に見入る豊蔵の目ははぐくめり永劫の翳《かげ》〉

素材負けした感じの私の当日詠だが、十四首が、今、残っている。

今回の企画展では、あの穏やかで大柄な風貌《ふうぼう》の、しかし眼光鋭い豊蔵氏と、久しぶりに再会したような喜びに浸ることができた。

（二〇〇八年五月五日掲載）

珍客

それは貴重な体験の二日間だった。七十歳のテキサス女性を二週間ホームステイで受け入れた人があり、その内の一泊二日のお世話をわが家がさせてもらった。同年輩の夫婦だけの平凡な家庭に迎えるのも一興とて、実現したものだった。彼女は幼児教育の専門家とか。獣医だったご主人を数年前に亡くし、単身での来日という。聞けば、日本語はまったく話せないらしい。当方も英語はおぼつかないが、通じなくて元々か、と気軽にかまえることにした。

さて、対面。美しいご婦人が、いきなり抱擁のご挨拶《あいさつ》と来た。せっかく考えておいた英語の挨拶もどこへやら。陽気で、よくしゃべるわ、よく笑うわ、すっかり彼女のペースに引き込まれてしまう。

一日目は、家内の専門を生かして日本舞踊のまねごと。友人やお弟子さんたちも混じって賑《にぎ》やかなこと、賑やかなこと。着物姿もサマになっているし、「さくら、さくら」の踊りもなかなか乗りがいい。おかげで三人だけの夕食後も、とんちんかんな会話が弾んだ。

二日目、世界遺産「白川郷」へ。彼女の舌は絶好調。わかる単語だけでも聞き逃すまいと努めるが、これが結構、苦行だった。でも、楽しいドライブとなった。雪山を眺めながら並んで腰をおろしての小休止、ほのぼのとした開放感が三人を包む。

白川郷に関しては、英語のパンフで予習してもらっていたので、合掌造りの合理性や生活様式は理解したようだが、英語の解説板が現場にほしかった。昼食は彼女ご所望でソバと山菜のてんぷら。それらの英単語をわれわれは知らなかったが、それはそれで愉快だった。

帰宅後、手作りの夕食、いよいよお別れ。ふくよかな人柄の彼女だった。ワンダフル、ワンダフルで素直に喜んでくれたし、相手をわかろうと気遣ってもくれた。もてなしたつもりのわれわれが、反対にもてなされていたようでもあった。

思えば、余禄《よろく》として頂いた、深い喜びの二日間だった。

（二〇〇九年六月一日掲載）

トイレの張り紙

最近のキャッチコピーには「ううん、なるほど！」と感心させられるものが少なくない。感性豊かで、ユーモラスで、端的なのだ。

これには参った、という秀逸の一例。

あるゴルフ場の茶店の男性トイレ。小用のため便器の前に立つと、目の前に「一歩前進、発射オーライ」と、小さな張り紙。思わず笑えてくる。小便を外にこぼさないようにとの願いなのである。われわれのような高齢者向けには、この文言、特に言い得て妙。管理者のユーモアセンスに脱帽しながら用を済ますことと相なる。

「小便をこぼすな」はストレートでいただけないし、「いつもきれいに使っていただきありがとうございます」は、言い過ぎじゃないかな。日頃の恨みが裏返っているようで、ていねいさが、かえって不気味。歌人でエッセイストの穂村弘もエッセイ集『絶叫委員会』の中で、これによく似たことを言っていた。

スピーチも短く、的確で率直、しかもユーモラス、これがいい。しかし、若いころの私の大失敗。日本的に名を残した郷土の著名人を小さな研究会にお招きし、その紹介を私が担当したのだが、こともあろうに「今では化石のような人」とやってしまったのだ。しまったと気づいたが、すでに遅い。もう引っ込みがつかない。「この分野で残された文化的足跡は高く評価され」とか言うつもりだったのに、失礼を超してアホさ丸出しだった。幸い、出席者のあきれたような苦笑でその場は収まったのだが、今でも汗顔の思い出である。

ユーモラスと失礼は背中合わせか。その後も「スカートとあいさつは短いほどよい」などとけしかけられて、随分失礼な短いあいさつやスピーチを重ねてきたのではないかと思う。

もっとものごろでは、私の言語能力そのものが「発射力」を失ってきているから、問題は別次元か。

（二〇一一年七月一二日掲載）

年末ビッグプレゼント

「ボケ防止のため、最近、柄にもなく翻訳という道楽に挑戦中でねえ」とおっしゃるのは八十五歳の青井潔さん。氏とは昔、職場が一緒だったご縁で、今も親しくしていただいているのだが、アメリカ留学を経て大学教授になった努力の人である。翻訳の主な材料は朝日新聞の「天声人語」らしい。が、うれしいことに本紙連載中の「岐阜文芸」のわが拙文も、今日までに九編ほど英訳して届けてくださった。それには次のような趣旨の添え書きがある。

「あそこの所をどう訳そうかと思いながら床に入ると夢に出てきます。右に左に斬り払い、何とか筆者の心底に迫りたいと願いながら、マワシに手が届かないところばかりです。稿を追うごとに日本語の美しさに触れ、英語の掘り起こしに躍起になっています。苦し紛れの自作の英語が大きい辞書に出ていたり、品詞を超越して組み合わせた表現に自己満足を覚えたり、幾つになっても勉強は瑞々しいものです」。この旺盛な意欲と、真摯《しんし》な態度には舌を巻くばかりである。

私の意図や文体に寄り添い、より的確な英語を見つけ、あるいは作り出し、翻訳してくださっているので、立派な英文に変身していたが、それにしても大変だったと思う。例えば、『トイレの張り紙』（平成二十三年七月十二日付）で使った言葉、「日頃の恨みが裏返っているようで」とか「アホさ丸出し」などの語句や、ユーモアを込めての「小便の発射力」などでは、ご苦労をかけたらしい。

二葉亭四迷は、翻訳というのは「その文調をも移さねばならぬ」と言っているそうだが、まさに場・文脈・意図・文調まで丸ごと掌握して、直訳ではない「翻訳」が成り立つのであろう。

青井先輩の語学力はもとより、識見・人柄までが滲《にじ》み出た自称「道楽」によって、私は極めて高次元なプレゼントを頂き、心豊かな年末を迎えることになった。

（二〇一二年一二月一一日掲載）

「道」

「道」という言葉は実に多様に使われる。坂道、帰り道、獣道、柔道、茶道、その道一筋、道を誤る、♪君の行く道は…等々、あげればきりがない。

岐阜市内のK画廊がオープン記念として、土屋禮一氏（日本芸術院会員、日展副理事長＝養老町出身）の「道」小品展を開催した。そのうちの一枚。なんの変哲もない山の中の一本道、左側が暗い森、右側は丘か畑か。道が消えていく先には、夕焼けか朝焼けか、にぶく濁った朱色の空。道はその空に呑《の》み込まれるように遥《はる》かに続いていく。一枚の絵の果てしない空間には、多彩な明るさと深い混沌《こんとん》が溶け合い、禅問答のような重厚さと、故郷回帰の懐かしさといったものが融合しているかに思えた。おそらく観《み》る者は、自分の人生に引き寄せ、多様に鑑賞したことであろう。

画家・東山魁夷の代表作に「道」がある。この絵をめぐってのエッセーを、昔、読んだことがあった。画面手前から中央を真っ直ぐに延びている道に、人生の意味を重ねて書いたものだったように覚えている。

中国の作家・魯迅の小説『故郷』（竹内好訳）の終末には次の一文が置かれている。「もともと地上に道はない。歩く人が多くなればそれが道になるのだ」。多くの人が希望を持って正しい方向へ進むことで道は拓《ひら》かれ、目標は実現する、という当時の中国の状況への啓発的意味を込めた一文であった。

哲学者・梅原猛氏は岐阜新聞「時時彩彩」欄で「日本は〝いつか来た道〟をまたたどろうとしているのではなかろうか。（略）今や平和憲法そのものが危機にさらされている」と現状を憂えていた。

国の行く末は、われわれ国民の行く末そのものである。アカシアの花が、地獄の花にならないように、という梅原氏の憂慮は、われわれみんなの思いでもなかろうか。道を間違えてはならない。

（二〇一四年六月一〇日掲載）

F少年の一期一会

本居宣長と賀茂真淵の「松阪の一夜」は有名な一期一会の話だが、人生を左右するほどの出会いが、誰にもあるものだろう。

F氏は中学時代に歌人木俣修から頂いた激励の言葉が忘れられないと言う。昭和三十七年十二月三日、岐阜駅のプラットホーム。「F君、将来はぜひ東京に勉強においで。そして、大きな舞台で活躍する人物になりなさいよ。上京したらいつでも訪ねていらっしゃい」

それから半世紀余が流れた。本年八月、短歌雑誌『木俣修研究』からの依頼で、彼は「金華山、春は煙りて〈校歌と一期一会〉」と題して三ページに及ぶ原稿を寄せている。

当時、彼の中学校には校歌がなかった。ぜひ校歌がほしいと、生徒会予算に校歌制定費を組み、まず生徒会が立ち上がった。その間、生徒会長はY君からF君に引き継がれた。早速学校側も動いた。職員に門下生がいたので、作詞は木俣修（昭和女子大教授）、作曲は松本民之助（東京芸大教授）と決定。作詞者の取材時や校歌発表会当日には、当然、生徒会も深くかかわってきた。

F君の寄稿文の一節には「岐阜の秀麗な自然を背景に学ぶ生徒の真摯な姿を浮き彫りにした格調高い詞に心打たれる思いであった。校歌発表会では、木俣先生のご懇切な解説、三千人の大合唱に感激、さらに岐阜駅のホームで先生をお見送りした」とある。生徒たちのよろこびが、見事に代弁されているようだ。

F氏は、東大卒業後、中央官庁勤務などで在京四十年、今はふるさとへ戻って活躍中。高名だった歌人は、今ではあの世から「大きな舞台で活躍する人物になったなあ」と、目を細めておられることだろう。

寄稿文は次の一文で締めくくられている。「岐阜駅ホームで先生からいただいたあの激励の言葉にずっと背中を押されてきたように思われ、校歌にご縁をいただいた一期一会にただただ感謝するばかりである」と。

かつてのF少年は、今、岐阜県知事である。

（二〇一四年一一月二四日掲載）

その七（11話）

世情点描

ベトナムそしてイラク

金華山の上に広がるこの美しい空が、あのイラクにも続いているのだろうか―と短歌に詠んだ友人がいるが、残念ながらイラクの空は決して晴れてはいない、と思うと心が重い。戦いが泥沼化し、第二のベトナムにならなければいいが、といった当初の危惧《きぐ》が現実となってしまった現在、イラクは果たしてどんな形で「民主的に、自主的に」青空を取り戻すのだろうか。

この二月に私は兄弟ら四人でベトナム縦断の旅に出かけ、南都ホーチミン市郊外のクチ地区に立ち寄ることができた。ここはかつてサイゴン（現ホーチミン市）での戦いを指揮したベトナム人民解放戦線の本拠地となった所であり、人民が果敢に戦った有名な地区である。火炎銃で野山を焼かれ、地ならし方式で爆撃を繰り返され、ついには枯れ葉剤までまかれたが、こうした強大な戦力に抗して塹壕《ざんごう》を掘り、落とし穴を枯れ葉で隠し、二百キロとも二百五十キロともいわれる地下トンネルを縦横に貫通させ、女、子どもまでが竹やりを握り締めて戦い抜いた。

〈まぼろしに風まだ泣けり民兵の野づらを走る血と泥の顔〉拙詠

長い長い徹底抗戦の末、一九七五年四月三十日、解放戦線の旗がサイゴンの大統領官邸屋上に高くひるがえり、ついにベトナムの地が自分たちの手に帰ったのだった。

クチには、観光客（？）向けに地下トンネルの一部が開放されており、私たちも腰をかがめてそれをくぐってみた。頭を打ち、両肩を触れ、進んでいくと、ひんやりとした土の肌からベトナム人民のたくましさと悲しみが匂《にお》ってくるようだった。

戦争は、いつでも、どこでも、おぞましい影を残すものである。私はトンネルを抜けながら、なぜか「今」のイラクがしきりに思われてならなかった。

〈抵抗と救国の歴史の尾を引きて黒き鳥ベトナムの空をまだ飛ぶ〉

（二〇〇四年六月一五日掲載）

自然の中へ「葬る」

異臭を帯びた白い煙が、川岸に並ぶ四基の石台から立ち上がっていた。内臓を締め付けるような緊張感から、しばらくは声も出なかった。

この春、ヒンズー教の火葬現場を私は初めて見た。ネパールの首都カトマンズ、パシュパティナート寺院でのことである。石台の上にやぐら状に積み上げた薪がメラメラと赤い炎をあげ、その上の赤黒い物体が共に炎上していた。親族たちが遠巻きに見守り、頭を丸めた近親者の一人が石台近くに腰を下ろして、この儀式に立ち会っていた。

すぐ下を流れる聖河バグマティ川に、遺灰は、このあと残らず流されるという。インドのガンジス河と同じである。

今回の旅は、ヒマラヤの山々を見たくて、私たち兄弟三人だけの気ままな旅だったから、こんな光景に遭遇して、不謹慎ながら好運（？）だったわけだ。案内役のアジュンによれば、遺体には濡れたわら束をかぶせてから着火するということだった。言われてみれば、「葬」の文字、クサカンムリをかぶっている意味も了解できようというものである。

火葬の古式は、日本でもこれに近かった。例えば、飛騨出身の友人が言っていた。彼の父は、穴を掘り、生木を積んだ上に棺を置き、まわりにどっさりわらを詰め、上に濡れたムシロをかぶせて火葬にしたとのこと。発想はまったく同じ、に驚く。土葬、水葬、風葬、鳥葬など、思えばすべて自然に還るということか。生生流転《しょうじょうるてん》といい、パンタ・レイ（万物流転、ヘラクレイトスの言葉）といい、この考え方は古今東西に通じているようだ。

それにしても今回、偶然、目にした原初的な火葬には圧倒的な潔さと厳粛さがあった。輪廻転生《りんねてんしょう》を信じるかどうかは別にして、人類は古来、「死」を荘厳な儀式を経て、美化し、自分たちを自然の中へ心厚く返していったのである。

（二〇〇五年五月一六日掲載）

文化・教育が危ない

「改革」という聞き心地のいい言葉が国をあげて巻き起こり、地方をものみ込んだ流れとなってから既に久しい。しかし私たちは今この改革の「ぬかるみ」に呆然《ぼう》と立たされているのではなかろうか。改革を言うにはそれなりの理由があるわけだが、要は改善だけでなく改悪をも含むから困ったものだ。例えば郵政民営化。過疎地の郵便局やポストは本当に存続できるのか、郵便料金均一制度は守られるのか、素朴な疑問である。

義務教育をめぐる多くの改革案。日本の教育が卓越したレベルを維持し得たのは、機会均等の精神のもと、学習指導要領による全国水準の確保があったからではないか。義務教育国庫負担制度が地方の教育格差を防いできたのに、この制度が廃止されたら、財政力の弱い自治体は教育予算を切り詰めざるを得なくなるのは必至。教育関係には朝令暮改が多すぎる。

文化行政は既に深刻。例年の文化行事の予算が三分の一に減額されたとか、入選作品の記念石碑が無料から一気に二万五千円本人負担と大幅な有料化に変更されたとか、県内各地でも文化活動へのブレーキ現象が増えたと聞く。

文化や教育は経済至上主義とは本来相容れないものである。百年の計といわれるように、それは将来への国家的投資であり、即効性を期待するものではない。だから、軽視され、予算が切られやすい。

先日東京でお茶の水女子大教授の藤原正彦氏（父新田次郎、母藤原てい）の講演を聞いた。戦後の日本が歴史・文化・伝統の否定に走り、自信や誇りを喪失したこと、ＧＨＱが二度とアメリカに立ち向かわない国力にしてしまったこと、日本文化本来の美しさを見失ってはならないこと、いま進んでいる改革はほとんど改悪であることなど、話材豊かに強く訴える講演で共感するところ大であった。

財政改革が弱者切捨てであってはならない。「聖域なき改革」の「聖域」は国会はじめまだまだ残っているではないか。

（二〇〇五年七月二二日掲載）

我流考

先日もゴルフで大たたきして無残な結果に終わった。私のゴルフはまったく我流で、基本を学ばず、練習嫌いときているから当然のことであろう。恥ずかしながら、私の「我流」を少々ご紹介。

若いころ、三日ほどのスキー講習会に参加したことがあった。高校時代から何回もゲレンデに通っていたので、まったく初心の友人に手本を見せるぐらいのつもりで、彼を伴い意気揚々と出かけていった。しかし結果はこれまた無残。「君には我流が入り過ぎている」とのコーチの苦言。一方、友人は見事に腕をあげていった。基礎基本を忠実に学んでいったためであろう。

昨冬、本当に久しぶりに孫たちとスキー場へ出かけた。「ジイちゃん、やるじゃないか」の声をひそかに期待して。が、スピードが怖くて怖くて。アイスバーンでは見事に転倒続き。

また、七十歳の手習いで、一番苦手な音楽領域に挑戦してみようと考え、ある楽器を習い始めて一年ほどになる。親切な先生、意欲的な仲間たちに囲まれて学習環境に不足はない。しかし、いかんせん、私は楽譜が読めないときている。オタマジャクシにシッポがついたらもう駄目。ましてや♯だの♭だので混乱させられる。思えば私の小中学校では楽器などなく、音楽といえば先生のオルガンに合わせて唄うだけだったから、音符などには縁遠かった。

いま国では学校の指導要領改定が急ピッチで進められている。小学校への英語や古典の導入などが話題になっているが、いいことだからと取り入れることばかりに走って、基礎基本の学習が不十分になるおそれはないだろうか。昔で言う「読み、書き、ソロバン」の基礎工事が手抜きにならないか憂慮される。少なくとも人生晩年まで機能し続ける基礎学習こそ重視されねばと思う。

個性発揮は、基礎基本の学習の上にあるべきで、早くから我流に走ると、私のようになってしまうのではないかな。

（二〇〇六年九月一〇日掲載）

冷蔵庫とネコ

あまり暑いので愛猫に涼を送ろうと冷蔵庫のふたを開けておいたら、猫が中に入り、ふたが自然に閉じてしまった。猫は死に、動転した飼い主の老女は冷蔵庫製造会社を訴えた。その結果、使用上の注意書にこの種の危険予防の記載が不備だったため、ご老女、めでたく勝訴だったそうな。訴訟王国アメリカらしいバカげた話である。

ところがわが国にもこうした「外来種」がはびこり始めているから困ったものである。

某県庁で公園管理事務を長く担当していたN氏から聞いた話だが、安全な公園造成には、設計段階から利用計画に至るまで、実に神経を使うという。

例えば、公園には池がほしい。池には柵などほしくないが危険防止のため、そこに柵を設ける。その柵には不備があってはならないので、その幅、高さ、素材などあらゆる事態を想定して設置を検討する。

また、木陰に快適なベンチを置きたいが、枯れ枝が落下して座っていた人が怪我《けが》でもしようものなら「管理不十分」で訴えられるかも、などなど。

もしも担当者が逃げ腰で、予想される危険をすべて避けようと消去法で考えていくと、一番安全な公園とは、なんと〈周囲を高い塀で囲ってしまい、立ち入り禁止にした公園〉になってしまうと、彼は苦笑していた。

もちろん事故は起きてほしくない。万全の対策は講じなければならない。管理の瑕疵《かし》も許されない。しかし、しかしである。

人間は本来危険予知の能力を動物的に持っている。本人が注意義務を怠っていた時の事故について、他人の責任ばかりを追及するような世相は、誠に嘆かわしい。

アメリカの老女の話は論外として、わが国においても、危険を恐れるあまり、消極的な発想が優先し過ぎていないだろうか。危険体験も含めて、多様な体験が、体や心を育てるために必要だということを忘れてはならないと思う。

（二〇〇七年六月一八日掲載）

ダムは「おそがい」

木曽川支流の王滝川源流に三浦ダムがある。小学生のころ、兄たちについてここへ魚釣りに出かけたことがある。テントを張り、夜釣りとなった。次第に暮れていく広大な湖面は不気味に静まり返り、巨大な怪物が今にもゴボッと現れそうで気分は釣りどころではなかった。

「おそがい（恐ろしい）で、もう行かん」と、二度とついて行く気になれなかったものだった。長じて、渇水期の上矢作ダムの湖底を見下ろした時のショックも忘れられない。湖底に沈んだ集落の橋や石垣が、泥まみれでそっくりその姿を残しているではないか。「おそがい」風景だった。

さて、この秋、試験湛《たん》水が始まった徳山ダムへ出かけてみた。紅葉の山々に囲まれたダム湖畔には立派な付替道路が完成し、湖面もダムらしくなっていた。それはまた「おそがい」変容ぶりだった。

旧徳山村の八つの集落から約千五百人の人たちが移住を余儀なくされ、いまや湖底に古里を失ってしまったわけである。かつて私は、最奥の集落を訪ねて、こんな歌を詠んでいる。

〈俗名に呼び合ひて人ら舞ひ出でぬ湖底に沈まむ墓　秋彼岸〉

湖畔に新しく建てられた徳山会館には、村の記録、物語、映画、写真などが多く展示・公開されていたが、特に校舎が次第に水没していく写真には、なんともやりきれないものがあった。

便利な生活と環境保全をどう調和させるかといった問題は、最近のドイツでのアウトバーン論争やシンガポール宣言など、いくつかの例にあるように現代人の重い課題である。ダムは、その象徴の一つとして人類に開示されており、ダム建設中止問題がニュースとなったことも記憶に新しい。

村の自然や生活を、丸ごとのみ込んでしまった徳山ダムを眺めながら、将来、「おそがい」ものが湧《わ》き上がってこなければいいが、と思ったことだった。

（二〇〇七年一二月三日掲載）

心の砂漠化

オリンピックが終わったあの北京が、遠からずゴビの砂に埋もれるのではないか、という大胆な推論をした人がいたので驚いた。柘植久慶著『断末魔の中国』で読んだ。その本によれば「砂漠化の進む中国大陸北部は、ゴビ砂漠が既に万里の長城あたりに迫ってきた。その舞い上げる砂は北京へ大量に降り注ぎ、あたかも雪のように十センチ二十センチと積る」とあった。

また、内モンゴルやサヘル（サハラ砂漠の南縁）の砂漠化も深刻なようである。温暖化や砂漠化の急速な進行は、人類滅亡につながる大問題である。洞爺湖サミットでも議論されたし、対策の困難さも浮き彫りとなった。だから、「マイはし・マイバッグ運動」など、小さな取り組みもおろそかにできない。

ところで、最近の国内のおぞましい事件の続発も「心の砂漠化」と言えないだろうか。自己本位な理由で親を殺し、通行人を刺し、偽装でふところを肥やすなど、生命の尊厳が脅かされているから、怖い。

モノ・カネ崇拝の裏返しで味わう敗北感や心のうつろ状況、人間関係の希薄化などが、日本人の、特に若い世代に蔓延《まんえん》してしまった。

私はこんな苦い経験をした。国道を渡ろうとしていた近所の幼い姉妹に手を貸そうとしたら、見事に拒絶された。「見知らぬおじさんから身を守る教育」の成果（?）を見せられて、普段、声をかけない因果かなと、砂を噛《か》む思いをしたものだった。

一方、早朝の散歩でよく会う中学生、「オハヨウ」と小声で応じてくれるようになった。「おはよう」と家族や隣人が声をかけあって一日は明るく始まる。見守っている、見守られているという素朴な人間関係づくりから「日本人の心の忘れもの」を取り戻したい。そこから、多様で幅広い取り組みが始まるのであろう。

砂漠化という一見遠い大課題も、このように一人一人のささやかな対応が礎となるに違いない。猛暑の中での愚考である。


（二〇〇八年八月二五日掲載）

宇宙旅行への夢

「昨日、火星旅行から帰ったのよ。さすがに疲れたわ」「そう、月旅行だったら近いのにねえ」などといったご近所の会話が聞かれるのは百年後と言わず、もっと近いかも知れない。

だって、ライト兄弟が人類初の動力飛行に成功したのは、わずか百余年前の話（一九〇三年）である。つい先日、ワシントンの国際航空宇宙博物館で、その復元実物を見たばかり。二枚の主翼の間に人間が腹這《ば》いになって動力の手足をバタつかせていた。当時、空を飛ぶ夢の実現は命がけの冒険であった。

それがなんと、われわれ庶民がジェット機に三百～五百人乗り込み、重いトランクさえ床下に積み込んでもらい、楽々十三時間ほどでアメリカ東部海岸から帰着できるというのだから、この長足の進歩には驚く。リンドバーグの「翼よ、あれがパリの灯だ」以来、旅客機の進歩はめざましい。酸素マスクなしで乗れるようになり、やがて大型化にも成功。貴人・要人・金持ちにしか利用できなかった航空機が、ジェット機の誕生などで大衆化したのだ。しかし、あれからでも五十年ほどしか経っていない。

私の初めての欧州行きはアンカレジ給油時代だったのに、今では航路も変更され欧州の主要都市まで無着陸。エコノミークラスの窮屈さと少々の時差ぼけ程度で、私も何度か往復させてもらった。

ところが、である。先の博物館には民間会社開発の鳥の形をした宇宙旅行用の飛行機（？）の実物が展示されていた。こんなので本当にいけるのか、と興味深く眺めたが、旅行内容や費用までは見なかった。二百万円で地上百キロ以上の宇宙を二十五分間飛べるとか、七千万円かかるとか、月へは百億円とか、実際に話題となっているようだ。アメリカの大富豪がソユーズで行ってきたのは十余年前の実話。

五十年後か百年後、孫か曾孫が、宇宙土産を私の仏前にでも供えてくれるかもしれない。儚《はかな》い私の正月の夢であろうか。

（二〇一三年一月一日掲載）

八月・炎天三題

ピカドンや終戦は、小学五年生の私にも強烈な事件だった。食うや食わずで「欲しがりません勝つまでは」とヤセ我慢を強いられてきた栄養失調少年には、今も、八月が来るたびに浮かび上がってくる「炎天」の思い出がある。

その音は教室の後方で起きた。椅子を倒して一人の生徒が逃げ出す音だった。彼は大阪から疎開していたA君。南飛騨のH町、農家の子が三分の一ほどいて、彼らは弁当持参組だったが、私ども外来組は、昼の雑炊をすすりに走って帰宅し、また走って登校するのが慣《なら》わしだった。

その日は始業前から、誰かが弁当に持ってきた焼き餅の醤油《しょうゆ》の匂いが教室中に漂っていた。いつも空腹だった私は、それがB君の机から発散される誘惑の匂いであることは、三時間目までには突き止めていた。ただ私の席は前方だった。運悪くB君の隣のA君は、ついに耐えかねてこれを盗み、逃げ出したのだった。階段を駆け下り、昇降口から裸足で逃げ出したA君は、グラウンドを対角線状に走りながら小脇に抱えた包みを破り、餅の一つを口に放り込むと、残りを投げ捨てて一目散に逃げた。クラスの何人かが追いかけた。私ども何人かは二階の窓から呆然《ぼうぜん》と見下ろしていた。追いかけたのは弁当組だったか。炎天下を見事に逃げおおせたA君は、しかし、その日以来、学校には来なくなった。

教育勅語、炎天下のグラウンドで頭を垂れて聴かされたし、暗誦《あんしょう》させられもした。緊張と暑さの中でも倒れまいと我慢した。倒れたからといって同情されるご時勢ではなかった。

八月十五日、なぜ坂道を下っていたのか、炎天下をとぼとぼと一人歩いていた。その時、天皇陛下の声「耐ヘガタキヲ耐ヘ、忍ビガタキヲ忍ビ…」を聞いたように思う。記憶のモンタージュか。

鮮明にあぶりだされる、おぞましい炎天の記憶、三題である。

（二〇一四年八月四日掲載）

あの「八月」を語る

あれから六十回目の八月がやってきた。当時、南飛騨に住んでいたわが家などは平穏（?）な部類だった。私は代用食ばかりだったので、小学校の通知表に胃拡張と書かれた。兄二人は兵隊、その一人はまだ北支（中国）にいたし、姉は岐阜空襲の戦火の中を濡れ布団を抱え、便所下駄をつっかけ、ボロボロになって逃げ帰ってきていた、程度だったから。

戦後多く出された被爆・抑留・引き揚げなどの体験記には、残酷で悲痛な状況がさまざまに語られている。一方、語るもおぞましい記憶として沈黙を守っている人も多い。しかし今、語ってほしいと思う。書き残してほしいと思う。

私の畏敬《いけい》する先生の一人、故水野定之氏に、「私本昭和教育史物語」（手書きB4判、三百二十四ページで絶筆）がある。その終末で戦争体験や戦争観について相当数のページを割いて書かれる予定だった。「内地生還後五十年、戦争に関する一切のことを語ったことがなく、ものに書いたこともない。そのことは私だけでなく、当時軍隊にとられた人たちは戦場で悪戦苦闘した実情や真相をだれも書こうとはしないし、語ろうともしなかった。（略）生き残っている人が少しでも語っておかないと国を守るために遠くの戦場で黙って死んでいった三百万の若者達の凄絶《せいぜつ》に戦い散っていった尊い歴史は消えてしまい、永遠に蘇ることはない」と書き始められたが、その論稿は始まったばかりのところで、残念ながら他界されてしまった。

戦場で死と直面しながら、国家とは、戦争とは、正義とは、人間とは、などの根本問題について多くの疑いと思索を重ねた若者の一人だった水野青年の「証言」を十分聞きたかったと悔やまれる。

生き残った先輩の方々よ、あの貴重な体験をどうぞ語り残し、書き残していただきたい。証人はもう「あなた」しかいないのですから。

（二〇〇五年八月七日掲載）

めでたさも中くらい？

〈レジ袋にビールも詰めてそこそこの幸せひとつぶら下げてゆく〉

「そこそこの幸せ」とは、なんとつつましく健気《けなげ》であることか。われわれ庶民の生活感覚を代弁してくれているようで、いじましくさえある。しかも言外には憤りや諦めさえ察しられるではないか。

この一首、昨秋の岐阜県歌人クラブ研修会での一位受賞、関市の近松壮一氏作である。

〈めでたさも中くらいなりおらが春〉（小林一茶）

五十七歳の一茶が詠んだ句である。晩年にようやく手にした幸せを、「中くらい」だと自虐的に評価していておもしろい。三歳で生母没、八歳で継母を迎えたが折り合い悪く、十四歳で江戸へ出た彼は、不遇と漂浪の半生を送った。異母弟などとの間ですったもんだのあげく、五十歳で、ようやく信州の山奥へ帰郷。その後妻帯三回、子ども何人かが病没。五十八歳、脳卒中で倒れ言語障害となる。その前年に「めでたさも中くらい」と詠んだのだから、皮肉やユーモアを超してペーソスさえ感じられる一句と言えよう。

さて衆院選挙も終わって、あわただしく迎えたこの正月、われわれの「めでたさ」具合はどのあたりだろうか。日本人は総じて中流意識を持っているというが、実態はどうだろう。景気は右肩上がりとか。しかし、庶民には値上がりの波がじわじわと寄せているだけ。

内政外交ともに明るさが見えない。日本丸よ、身を任せて大丈夫か。国民として何か行動を、と思っても庶民には何をどうしたらいいのかが、わからない。長い平和ボケの中で、閉塞感《へいそく》だけは強い。

海外に住む男へのメールの中で「日本も戦後七十年」と表現したら、「そうかな、もう戦前じゃないの？」と返ってきてギョッとさせられた。未来永劫《えいごう》、戦争だけは絶対に避けねばならない。子や孫に負の遺産を残さない国であり、国民でありたいものだ。

（二〇一五年一月一日掲載）

その八（7話）

ふるさと回帰

へんてこな名前

最近の子どもの名前には凝《こ》ったものが多い。インターネットで拾ったのだが、翠翔くん、空音ちゃん、生美くん、朱美怜ちゃん、さて、どう読んだものか。子どもの幸せを祈って親たちが懸命につけたものなのだろうか。

かく言う私も珍名の一つ。これでソウキチと読むのだが、若いころは嫌な名前だと思っていた。もっとも、旧仮名づかいで「てふてふ」をチョウチョウ、「さうです」をソウデスと読んだのだから、昔のことゆえ仕方がないかとあきらめている。「吉左右」ならば吉報と、よい意味になるのだが。

美濃加茂市出身の高名な歴史学者に津田左右吉があるが残念ながら私とは関係なし。「へんてこな名前やなあ」と親に抗議したところ、答えは単純だった。「隣のばあさん」が士族の末裔《まつえい》とかで、その先祖から一字ずつをもらって名づけてくれたそうな。多分、〇〇左衛門、××右衛門、△△吉兵衛などとあったのだろう。

赤穂浪士四十七人中二十人の名前に左・右・吉のどれかが入っていて驚いた。江戸の昔から、名前には多用されていたということか。

ところで、現在ではこの三文字、生活に密着してふんだんに使われている。左手は作業の手、右手は食べるための手。吉はおみくじでおなじみ、「良いこと」の意味である。

知らない土地で道を尋ねたとき、東・西方向で教えられるより、左・右の方がわかりやすい。

日本では古来、左が上位、右が次位。左大臣の次が右大臣、左近の桜（上位）で右近の橘、など。しかし、左前・左遷・左封じ・左党などの語感では「左」は、やや不利か。刃物や楽器も右利き用がだんぜん多い。

右顧左眄《うこさべん》しては、よくないが。ともあれ身近でやさしい三文字を名前にいただいて、今では感謝している。

（二〇〇八年四月八日掲載）

六二五歳の兄弟会

「兄弟は、たったの九人です」などと言えば、昨今では笑いのネタになりそうだ。貧乏人で律義者？　だった私たちの両親は「生めよ増やせよ」の国策に協賛したものらしい。男8、女1をもうけた。残念ながら弟の一人が彼岸に渡ってしまったので、現存八人。

その全員が、過日、下呂温泉に集まった。兄弟といっても雑なもので、互いの年齢はおろか順番まであやしいほど。だから、幹事役の弟が出したクイズ「本日出席兄弟の年齢合計は？」も難問の一つだった。長男が八十八歳で米寿、弓道八段を今回いただいたので、その祝いも兼ねての兄弟会だから、まず最高齢はわかっている。末弟が六十五歳という。ああだ、こうだとみんなの出した回答は、すべてハズレ！　正解はなんと六二五歳だった。

自慢するほどのことではないが、それでも高齢者八人が戦中・戦後を生き抜いて、このように会することができたのは、感謝すべきことに違いない。

高齢者ゆえに身体不如意の者もいるが、温泉につかり、互いに背中を流し合った。東京勤めの弟が岐阜の私の背中を、私がマドリード住まいの兄の背中を、という具合。「おい、肉が付き過ぎやぞ」などと軽口をたたきながら背中をこすりあったことだった。島崎藤村の言葉を借りれば「血につながり、言葉につながり、心につながる」者どもだとあらためて実感することができた。

ふるさとの川から泳ぎ出た稚魚たちが、それぞれの川や海で伴侶を得て、めいめいの暮らしに奮闘し、今ふるさとの川に戻って来たのである。お互いの近況をたしかめ合い、健康を気遣い合いつつ、伴侶たち四人も含めて賑やかな一夜だった。

翌朝は、もう解散。「町内会の仕事がある」「個展の準備がある」「患者が待っている」などなど、再会を約しながら、それぞれの流れへ、また、あわただしく泳ぎ出して行った。

（二〇一〇年一二月一四日掲載）

天国からの賀状

ここに長兄からの賀状がある。「肺に水がたまっているとか。一週間で退院らしい。何も心配せず筆を走らせている。みんな良い年に成るように」と毛筆で書かれている。その兄が十二月末に他界した。満八十九歳、いわば大往生だった。賀状は死後に届いた。

〈盥《たらい》から盥に移るちんぷんかん〉とは、一茶の句である。人生なんて、産湯の「たらい」から始まって、湯灌《ゆかん》の「たらい」まで、思えば「ちんぷんかん」なものではないか、とやや自嘲気味に詠んだ一茶独特の句である。

さて、ふるさとで、母方の実家「高屋」を守り通した兄の一生は果たしてちんぷんかんだったろうか。私の知る限りでは「吉凶あざなえる縄のごとき」生涯だったと思われる。

兄の家は文字通り集落の一番高いところにあり、石垣の上に白い塀をめぐらした築百年超の古い家。東には檜の山が迫り、前方には冬眠中の田畑、蔵の裏の竹藪には冬の風が渡っていた。彼は最後の一夜をここで過ごし、翌夕刻、納棺の儀となった。人間の評価は柩《ひつぎ》に納まる時に決まるという。彼の評価はどうだろう。

湯灌は、この地域の作法にのっとり、参列者全員で彼の顔・手・足をていねいに拭き上げてやった。穏やかな寝顔だった。そこには、決して急ぐことのない、ゆったりとした時が流れていた。

いよいよ通夜の式場へ向けて、縁側からの出棺である。集落の人たちの勤行の声と鉦《かね》の音に送られて、車は彼の育った坂道をゆっくりと下って行く。山峡の空は広くはない。南西にV字形に開けた夕空が、折しも荘厳な茜色に染まっていた。「おっ、きれい！」思わず感嘆の声があがる。その茜の空遥かへと兄はゆるやかに、ゆるやかに溶け込んで行った。そこには先に逝った彼の妻が待っているに違いない。うらやましいほどの門出であった。

兄の人生が、美しく完結した瞬間だった。

（二〇一二年三月五日掲載）

ぞうり泥棒

〈草履編む藁打つ音や母は亡し〉（今井洋之介）

小学校三年生で母を、翌年には父を亡くして苦労した今井君は、わが同級生。昭和二十二年四月に発足した新制中学の一年生が我々である。敗戦直後の寒村の窮乏にあって、履物と言えば藁草履《わらぞうり》か、下駄の時代だった。

遠距離通学だったから、二、三日目ぐらいには粗雑な草履は磨り減ってしまい、ぺたぺたと素足で帰る羽目となったものだった。

当時、宿題があったのか、なかったのか。家に帰ってから勉強をした覚えは、まったくない。ラジオなし、新聞なし。通学用の藁草履作りしか思い出せない。

ある日、仲間たちとの下校途中、街道沿いの縁先に、運良く使用済みの葬式用草履（鼻緒の結び方が普通の草履と違う）が捨ててあるのを見つけた。この地方では、葬式草履は野辺送りの帰りに途中で捨てる習わしだったから「しめしめ」とそれを拾い、しばらく歩いた時だった。おっさんに大声で呼び止められ、振り向くやいなや、「この、泥棒めが！」と強烈な一発をほっぺたに食らった。

しばし茫然。不用品を拾っただけなのに「泥棒」と言われては、どうにも悔しくてならなかった。おっさんはぼくから取り上げた草履を抱えると、肩をいからせて引き返して行った。

「物」への異常な執着にささくれだっていた戦後間もなくの時代であったとはいえ、諭すこともなく、私憤をぶつけただけの、あの不条理な叱責は、当時、絶対納得できなかった。

あれから六十有余年、過日、今井君と下呂で開かれる学年同窓会にJRで乗り合わせ出かけて行った。車中で早速イッパイやりながらの懐旧談、例の草履泥棒の一件を持ち出すと、「あれを拾ってけと言ったのは俺やぞ」と今井君の援護。そうだったっけ。あの遠い日のほろ苦い思い出も、途端に、ほのぼのと氷解していく思いだった。

（二〇一三年四月一日掲載）

オヤジ礼賛

偶然だが本稿締め切り日がオヤジの命日である。雪晴れの日、父がふるさとの土に還《かえ》って行ったのは、昭和二十八年一月二十三日、享年五十六歳。私は高校三年生。卒業間近のことだった。

父は頑固で働き者、短気な一方、ジョークのうまい、野人だった。「努力が足りん」と、よく怒られたものだ。本人は、小学校卒業だけなのに旧制中等学校の教師をしていた。文部省の検定で教員免許をいただいていたから、文字通り、努力家だった。九人の子だくさんは貧乏人で律義者でもあったということか。

ヘボの巣取りや魚釣りが巧《うま》かった。よくお供をさせられた。猟期には猟銃を持って山に分け入ってもいた。益田農林学校では戦争中のこととて、援農隊として生徒らを引率し北海道は富良野に乗り込んだこともあった。

俳句らしきものをやっていたので、彼のノートから私はその一部を拝借（?）して、中学校で自作として発表させてもらったこともある。また、薄幸の詩人・石川啄木のことを教えてくれたのは、畑仕事の折だったと覚えている。早速、啄木歌集を手に入れて夢中で読み、真似事《まねごと》を始めてみたものだった。

その父が病に倒れて退職。二年後、危篤になった。田舎ゆえ高校でも下宿生活を余儀なくされていた私は、授業中呼び出されての「父危篤、すぐ帰れ」は、さすがにショックだった。電車からバスに乗り換え、雪の峠道を心せきながら越えた。長かった。

〈雪つもる峠の道をひたすらに危篤の父を思いつつ急ぐ〉はその時の拙作。土屋文明選で初めて新聞の活字になった私の記念作である。短歌に執着し続けたわが一生だったが、思えば父の死を踏み台にした短歌人生だったと言えなくもない。

オヤジはあの土葬の日の雪晴れの鋭い光のように、私を時折貫くことがある。九十三歳まで生きてくれたオフクロが今でも陽光のように包んでくれていることとは対照的に思えて、懐かしい。

（二〇一五年二月二日掲載）

ふるさとの明治座

上京の折、ちょっぴりゼイタクを決め込み、夫婦して歌舞伎を鑑賞して来た。団十郎・菊五郎共演の団菊祭五月公演とあって、歌舞伎座の前は、開場を待つ人たちでごったがえしていた。

私は、外題一本目「義経千本桜・大物浦の段」での海老蔵の演ずる知盛に、すでに魅せられてしまっていた。海辺でイカリを担ぎ入水しようとする知盛の壮絶な最期の場は、見ごたえ十分だった。

この時、不遜にも私は、幼少時に毎年見ていたふるさとの地芝居を思い出していた。寒村の娯楽であったから、幼い私の中での歌舞伎は、村人の演ずる大見得《え》と、意味不明のせりふが組み合わされた芝居であり、おひねりが投げられて幕となる素人歌舞伎であった。太平洋戦争突入の足音が近づく恵那郡加子母村（現中津川市）の「明治座」のことである。それは、回り舞台や両花道を備え、スッポンまである立派な芝居小屋で、幸い今も手厚く保存され、県の重要有形民俗文化財に指定されており、各種イベントなどの会場としてもばりばりの現役である。

明治二十七年、村の有志によって建てられたその芝居小屋の引幕には、村内の何軒かの屋号が書かれてある。そこには私にゆかりの「板屋」も「高屋」もあって、それを誇らしく眺めながら、マス席で弁当を開いたものだった。家から持参して幕間に食べる芝居弁当は格別のゼイタクであり、引き出し式のうるし塗りの箱に納められたごちそうは詳しくは思い出せないが、高野豆腐のたっぷり吸い込んだ甘酸っぱい汁が、緊張と興奮ののど通りをよくしてくれたことだけは、はっきりと覚えている。

東京の歌舞伎座で、海老蔵の知盛が、両目をかっと見開き、赤い大口をあけて苦悶《くもん》しつつ海に没するまでの長い時の移りを、私はふるさとの芝居小屋での幼少時の思い出と重ねながら楽しませていただいた。

（二〇〇八年六月二日掲載）

恵那山と島崎藤村

久しぶりに恵那山を眺めた。大きく柔らかな山容が、どっしりと中津川の辺りを見下ろしている感じは昔と変わらなかった。もっとも、今回の大合併で恵那北部の町村と長野県山口村を包み込んで新・中津川市が誕生したわけだから、恵那山も見守る範囲が大いに広がり戸惑っているのかもしれない。

特に、島崎藤村のふるさと馬籠を含む山口村の越県合併は大きな話題になったので、恵那山もその行方をやきもきしながら見ていたことだろう。馬籠から見る恵那山は、山が馬籠に手を差し伸べているようにも見える。だから藤村も恵那山には格別の親しみを持っていた。

藤村（春樹）が幼くして兄と上京したこと、長じても幾多の辛苦を味わったこと、やがて高名な文学者になったこと、度々帰郷のため落合駅から山道を登って行ったこと、などこの山は見守って来たことだろう。

また、平田派の国学に親しんだ父正樹と、木曽の風土とが、藤村の人と文学に大きな影を落としたことも、この山は知っていただろう。

藤村の死後この地に藤村記念館が開設され、その記念行事に俳優滝沢修の「夜明け前」の朗読があった。彼は映画「夜明け前」で青山半蔵役を演じて有名だったので、当時中津高校生だった私もそれを聞きに行った。

少々文学かぶれの私は、藤村の詩を口ずさみつつ何度か馬籠まで歩いたものだったし、藤村の小説は「破戒」から「東方の門」（絶筆）までほとんどに目を通した。今回、貴重な文化財を長野県から譲り受けただけに、新・中津川市民はもちろんのこと、岐阜県民はこの機会に藤村を深く学び、軽薄な観光地になってしまわないよう馬籠を大切に守り育てていく責任を持たされたことにもなろう。

恵那山がそう呼びかけているように私には思えるのだった。

（二〇〇五年六月一二日掲載）

その九（7話）

光輝高齢

まあだ、八十三歳ですのよ

A：おめでとう。君の正月は？

B：めでたさも中くらい――一茶の心境かな。

A：「中位意識」というやつがくせ者でね。意欲も無い、進歩も無い、現状肯定というわけだ。ところで君はいくつになるんだ。

B：もう、七十だよ。君は？

A：まだ七十二だ。石原慎太郎の本に紹介してあったが、歌手の淡谷のり子が「私？まあだ八十三ですのよ」と言ってたそうだぜ。なにが七十歳で「もう」なんだ。

B：でもなあ、体のあちこちが故障つづき。景気は上向きというがその実感なし。消費税や医療費など「上げるぞ、上げるぞ」とゲートインの状況じゃないか。下がるのは年金と俺のズボンぐらいだ。

A：そう悲観するな。俺の会社は上向きだぜ。

Ｂ：結構なことよ。でもなあ、ともあれ経済が安定し、雇用が促進され、弱者いじめのない年にしてほしいなあ、今年は。それにしても去年、嫌なニュースの多かったこと。幼い子の命が無残に奪われ、幼児虐待あり、一級建築士が信頼を裏切り、とにかく生命の尊厳なんて、どこへ行ってしまったのかねえ。

Ａ：君は教育者だったから言いにくかろうが、戦後六十年で日本の教育は大切なものをたくさん失ってしまったねえ。特に家庭教育なんてボロボロ。人間形成の基礎づくりは家庭だものなあ。家庭教育を親がしっかりやらなきゃなぁ。加えて教員の二・三割は不適格と言うじゃないか。社会も無責任になってしまった。

Ｂ：厳しいこと言うなあ。確かに「信頼」という語が揺らぎ始めている。建築士、医師、教員など高度な専門性と権限を持つ者には免許の更新制度、俺は賛成だね。

Ａ：そうだ、倫理観に裏打ちされた専門職であってほしいものなあ。おい、ところで正月ぐらいもっと呑《の》めよ。盃《さかずき》がカラだぜ。

Ｂ：もう、五合ぐらい呑んだよ。

Ａ：いや、まだ、五合ばかりじゃないか。

（二〇〇六年一月一日掲載）

九十五歳のパワー

四国霊場バス巡りなんて、手抜きだろうが、時間も体力も許さないので、やむなく何回かに分けてのバス遍路に、家内と参加してみた。来年には満願にしたいと思っている。

岐阜から現地に入るのに半日以上は要するし、山中や山頂の寺々にはバスでは行けないから、長い山道や石段を登らなければならない。白衣、菅笠《すげがさ》、輪げさ、金剛杖《つえ》など身支度を整え、先達さんの指導で作法に従い次々と巡拝するのだが、時間に追われ脇見の暇さえない。だから、結構に厳しくて、忙しい。

今回は三泊四日、土佐から伊予に向けて、十六カ所寺を巡った。このあたりまで回を重ねると「本物のお遍路」？のような気分になってくるから不思議である。しかも、知らない者らが励まし合い、いたわり合ううちに仲間同士に尊敬の念まで生まれてくる。壮年夫婦が老いた母をかいがいしく世話しておられるのだと思っていたら、実はお隣のおばあさんを連れて来られたのだと知り感動したり、七年間奥さんを看病し昨年亡くされたという九十五歳のおじいさんに実の娘二人がやさしく付き添って参加しておられることを知り感銘したり、日ごとに情が移っていく。特にこの九十五歳のご老人、小柄でスリム、姿勢がよく、足腰が強い。いつでも笑顔で明るかった。「お元気の秘けつは？」と聞いてみたかったが、ゆとりがなく断念した。

ところで、九十五歳といえば、中津川市在住のO氏は、このほど九十四歳までの作品をまとめ第四歌集を出版され、贈ってくださった。郡上市在住のY氏は、この地方で優秀な歌人を多く育てられたベテランで、今なお青年のような感覚の短歌を作り続けておられる。お二人とも、大正二年生まれの九十五歳、かくしゃくとした文化人だ。

偶然とはいえ、この夏、九十五歳の三人から、高くて遠い人生の指標を頂いたような思いがしている。俗人の私にも、霊場巡りのご利益が、早速現れたのだろうか。

（二〇〇八年七月二八日掲載）

コウキ高齢者

カタカナの会社名が増えてきた。国際化? 現代感覚? 親近感? 流行? ともあれ、社の命運をかけての命名であろうし、業績好転につながるのならば、他人がとやかく言う筋ではない。が、なかには軽薄な印象を与えるものもあり、ネーミングはむずかしいものだと思う。

さて、新医療制度創設のため平成二十年に登場した「後期高齢者」という言葉は、どうも、いただけない。医学界ではすでに使われていたそうだが、一般の国民、特に該当年齢層にとっては、きわめて耳障りな、不愉快な言葉である。これをストレートに使ったお役人の無神経さには驚いた。「長寿保険制度」などと言い換えてみても、お口直しにもならなかった。

不老長寿は人類普遍の願い。それなのに高齢者に「前期・後期」とはなにごとか。「まもなく死ぬんだよといわんばかりのニュアンス。失礼だと思わないのか」(インターネットの書き込みより）といった非難がごうごうとわいたのは当然だった。ついには「末期高齢者」の登場か。

ところで、私は間もなくその仲間入りをする。無為傍観とはいかなくなった。加齢は自然の摂理、ひがんでいても始まらない。

見まわせば、八十歳代でもゴルフを楽しむ先輩がいるではないか。文化活動・学問研究・地域貢献・会社経営などに努めている知人がまだまだいるではないか。

彼らには高齢者という言葉の上に「好奇・弘毅・好機・興起・光輝・香気・高貴」などの二文字こそ、ふさわしいと思う。

彼らに見習い私は、「高貴高齢者」あたりをめざして、人生設計をしなおすべき時が来たようだ。

（二〇一〇年二月九日掲載）

「老い」の武器

後期高齢者などと、その枠の中に放り込まれると、いやでも自分の年齢が気になる。しかし、百歳以上が全国で五万人近く、本県でも七百人以上もおられるという。こんな現状で「もうトシだから」などとは言っておられない。超高齢化社会へ突入した今、「老い」をどう生き抜くか、重い課題を背負ってわれわれは生きることになった。

宮本輝の小説『森のなかの海』で、ある父親がしみじみ述懐する部分がある。パソコンを使おうとして「説明書に書いてあること自体が何のことかわからないんだ」と。さらに彼は「人間てのは、脳味噌の千分の一か二か三かくらいしか使わずに人生を終えていってるんじゃないかって気がしてねェ」と腕組みする。私も同感。世の中の動きになかなかついていけなくなったし、気力まで萎え始めたように思う。

とはいえ、「老い」などに甘えてはいられない。知識に限らず、感覚や認識は鈍っても、眠っている能力がまだあるかも知れない。

若い時代にはなかった寛容さ、広くまわりに配慮する愛情、たっぷりと時間のある縛られない気軽さ、格好をつけなくても生きていける境遇など、老いの進行形の中を自分流に楽しんでいけばいいのだろう。理想をなくした時に人間は老いるという。

つい最近、楽しみに待っていた本が出た。小高賢著『老いの歌—新しく生きる時間へ』である。著者は歌人だから当然、短歌を中心に論じているが、一般の高齢者にも「余生などと言わず、新しい生へますます伸びやかに行動し、個性的に生きてほしい」と彼は呼びかける。書中、多くの短歌が引用されているが、その中に、〈携帯電話持たずに終らむ死んでからまで呼び出されてたまるか〉がある。この作品は九十三歳で没した有名な女流歌人、斎藤史《ふみ》のものだが、晩年独特のユーモアと、孤高に生きる強さを叩きつけてくるようで爽快であった。

（二〇一一年一〇月三日掲載）

初夢「ロウチ園物語」

里山の頂上へはゴンドラか七曲がり道で行くことができ、そこには私の通うロウチ園がある。

財団・日本余剰金協会が建てた超豪華な七階建ての融合ビルには、幼・小・中の子どもたちも通ってくる。

ロウチ園は主にその四階を使っており、プール、グラウンド、庭園、給食ホールは各世代が触れ合いながら共用できるという、わが国オンリーワンの自慢施設だ。

ロウチ園の入園資格は七十五歳以上、厳正な審査(?)をパスしなければならない。

私がロウチ園を漢字で「老痴園」と書いたら、「それは間違い。でも、おもしろい」との奇妙な判定。面接では「昨夜の夕食の献立が思い出せない。人の名前がとっさに出てこないことがしばしば。パソコン、ケータイが使いこなせない。靴下が立ったままでは、はけない」などと答えたら、「順調に年をとってますねえ」で合格。「川柳を長くやっている。世の中のために、まだ何か役に立ちたい。自力で通園可能」と答えたら、「健全な高齢者」と評価されて、これも〇。かくて入園後三カ月が経つ。

今日の午前中は講座の受講から始まる。一限目「ガレージセールの方法と実践」、二限目「トルコ料理実習」。休み時間は幼児らと砂遊びでもしよう。三限目「中学生川柳教室」では私が指導を担当。昼食は小学生と一緒のテーブルで食べる日だ。昼休みは誰と遊ぼかな。午後。昼寝のあと、温水プールでインストラクターのお姉さんに会える。休憩は四階で静かに過ごす。そのあとは仲間との雑談や得意なビリヤードでもやろうか。一階の保健所で健康チェックを済ましたら帰宅となる。ふもとの駐車場には専用の車が待っている。

平均年齢を超せば、すべてを国とＷＳＯ（世界余剰金機構）が面倒をみてくれるので生活設計に不安はない。もちろん私の余剰金は、財団へ寄付した。ムニャムニャ…。

てな初夢。どこかで、早いうちに実現しないかなア。

（二〇一一年一月一日掲載）

置いてきぼり

ＩＴ（情報技術）革命によって、個人のライフスタイルから産業構造、マスメディア、行政のあり方までが大きく変化し、ネットワークシステムが爆発的に普及している。気づいてみれば、その流れからすっかり置いてきぼりにされてしまった「喜寿」の私が、今ここに生きているというわけだ。

新制中学制度となっての一年生を寒村で迎えた私たちは、校舎建築の資材運びやグラウンド造成の手伝いをしつつ、戦後の貧相な教育環境の中で学習を続けていた。三年生での修学旅行では恥ずかしい思い出がある。名古屋見学の自由行動中のこと、デパートでエレベーターの乗り方を田舎者の私は知らなかった。ドアがゆるやかに開くと美人のお姉さんが白手袋で「どうぞ」らしいことを示し、頭を下げてくれる。私は大いにためらった。だって、どこで、いくら払ったら、あの美しい箱の中に乗せてもらえるのか。ポケットと相談して、結局、私は階段を使うことにした。後刻、この一件、先生や家族に大笑いされた。

さて、現在のＩＴも私にとっては、かの日のエレベーター同然のように思えてならない。パソコンで必要最低限の作業はこなしているものの、「現代のエレベーター」への乗りぞこないは確実らしい。

外孫が大学に入ったので、先月、二人で記念の海外旅行に出かけた折、特にそのことを痛感した。彼女の情報処理能力の速さと的確さにはあちこちで驚かされた。現代の若者は、皆すごいと素直に脱帽である。ＩＴを見事に使いこなさないと現代生活は乗り切れないのだ。孫との間にも、随分と水をあけられたものである。

しかし、である。成田空港に着くやいなや、スマホに溜まっていたメール対応に必死だった彼女の姿は、むしろ哀れでさえあった。スマホ漬けの今の若者たちに何か寒々としたものを感じるのは、置いてきぼりにされたジイ一人のひがみだろうか。

（二〇一二年一〇月一六日掲載）

生前弔辞

生前葬というのがあるらしい。そこでは弔辞も読まれるのだろうか。本人が自分あてに書いた弔辞を自分で読むなどというのも一興かも知れない。

《弔辞》

左右吉君、君は運のいい男だったなあ。「運も実力のうち」と言うが、君の場合は「運が自分を助けてくれた」と言った方がよかろう。君はいつも、非力をカバーしてくれる人たちを得て、人生の転機を切り抜けてきた。例えば（事例・人名多数、略）というわけで感謝すべき半生だったと思うよ。

健康、家族、職場、先輩、友人に恵まれ、さまざまな仕事もそれなりにやってきた。外づらが案外よかった君は、アイデアマンだ、行動力がある、ユーモリストだ、などとおだてられ、頑張ってきたと評価してもよかろう。もっとも一皮剥《む》けば、自分本位な過去の生き方が暴露されそうだが、この際は不問としよう。

「左右吉も丸くなったもんだ」とも聞くが、それは揶揄《やゆ》か、八十歳への餞《はなむけ》か、いずれにせよ、まあこの際、甘受しておくべきだろう。

チェーホフは「人生は下書きであり、もう一度清書し直せたらいいが…」といった趣旨のことを言っている。なるほどその通りで、誰でも過去を振り返って、書き直したい所はいっぱいあると思うよ。

ところで、君は、昔から口が悪く、加えてこのごろ耳が遠くなってきたそうじゃないか。ということは、長生きの条件が幸い（？）そろったということだ。人生の余白がまだまだ残っているわけだから、適度に「断捨離」をしながら、せいぜい人生の「下書き」を続けるのがよかろう。

「岐阜文芸」のこのエッセーは、幸運にも百四十九回分も担当させてもらえた。大恥をかかないうちに往生際よろしく辞退しようという君の今回の決断は、断捨離の一つとして賢明なことだと思うなあ。

残された余白をおだやかに、のんびりと埋めて行きたまえ。以上、「生前弔辞」を、ここに閉じるとしよう。

（二〇一五年三月三〇日掲載）

付録（短歌50首）

逝きたる者よ

平成29年歳晩、妻に上向結腸癌が発覚。転移ありステージ4の告知を受ける。
約一年間の闘病後、本年1月23日他界した。
かの日前後の素描ともいうべき短歌五十首である。

いささかの抗《あらが》いなれど選択肢ほかになきやと主治医にすがる

抗がん剤投与を認める同意書に妻は署名す手の震えなく

闇深きこころ隠して強がりを言う者の手を握りやるのみ

綿毛布一枚増やして寝ろというメールが届く入院先より

どこもここも妻の手のあとばかりにて不在証明の匂いが満てり

あす退院してくる者を待つ部屋の布団はきょうの陽にふくらめり

寂しげな顔を隠すな病い重き妻よここには俺しか居ない

耐えるだけ耐えるほかなき無期刑の予感のごとしと手のしびれ言う

副作用の怯《おび》えを忘れ米研げり主婦に戻りてここ二・三日

出口の灯ほの差すおもい病巣のわずかに薄しＣＴ画像

物干し場を行き来する音快調な足取りなりき癒ゆる信じむ

病む妻の肩に手を置き眺めいつ蝕まれゆく雲間の月を

杖つきて近くの宮まで散歩するかく幸せの背なを見送る

双手あげ桜吹雪を浴びていつ悩み事などなき顔して二人

日日草けなげに咲けり病む者よ生きて欲し共に生きねばならず

健やかに米研ぐ妻の後姿《うしろで》にけさは躍るかささやかな幸

カート押す妻に従い買い物を見習う苦行にも馴れねばならず

気を許し腰曲げわが前を往来すかつて日舞の師匠たりしが

そのうちに特効薬も出るという泥濘《ぬかるみ》の身に「そのうち」ありや

久々に包丁研ぎやるようやくに秋らしき朝日の届く厨《くりや》に

共有の思い出たがいに小出ししてひそやかにけさ二人の食卓

届きいると信じて意識のなき耳へ付き添い交代を告げて帰りぬ

思い切り酸素取り込め意識なき妻の顎《あぎと》の激しき上下

逝かせたし　逝かせてならじ　吸引の酸素マスクの中の煩悶《はんもん》

頑張った　もう頑張らなくていい　呼吸静かな汝《なれ》に戻れよ
もう泣くまい夜は明けんとし静けさの手足をさする家族四人が
手も足も次第に冷えゆくああ汝のひと世が終るこんなにひそけく
凡庸な言葉しかない　口寄せて「いい妻だったよ、いい母だったよ」
羽づくろいして飛び立てり吾子の待つ彼岸へいまは母鳩《おや》として
＊羽づくろひして飛び立ちし鳩一羽降りつぐ雪のなかに消えたり
次男11歳にて逝く『還らぬ鳩』所収の一首
わが手彫りの円空仏の小さきを胸に抱かす懺悔《ざんげ》と共に
遺さるるわれらのために片付けてメモして逝けり心穏《おだ》しく

気丈に生きた母なりと言う長男の通夜のあいさつ顔伏せて聞く

そのままに隣のベッドは空きている「ちょっとトイレ」と抜けたるさまに

妻任せのこと多かりき通帳の印鑑違うと行員は言う

切り過ぎの枝にわずかの花持てり禍事《まがごと》つづきを知るや紅梅

そのままに水仙の花は活きてありトイレの花瓶に汝の手のあと

出張の宿の朝焼け帰りてもわが誕生日待つ者あらず

何も手に付かずと独りへ逃げ込みて亡き者と居る四十九日を

亡き者の魂はまだ漂うと四日目のヒゲ今朝は剃りたり

妻を兄を姉を一気に失えり何の憤怒《ふんぬ》かこの一ヶ月
少しずつヨーグルトに混ぜ林檎ジャムまだ食しおり汝の手づくり
唐突にこみあげるもの堪《こら》えつつ経を誦《ず》しゆくとぎれとぎれに
宴席の酒量抑えて帰宅しぬ咎《とが》める者の待つにあらねど
かえりくる暗き思い出も拾いゆく白椿の花けさ多く散り
やや強く鉦《かね》を鳴らして手を合わす遠くへはまだ行かぬはずゆえ
何事もなかりしごとく牡丹の芽日に日に伸びゆく汝の育てし
所在無く仏壇のめぐりを掃除して一人の昼餉にはまだ時間ある

今日ひと日は遺影と共に過ごさむか若きが映画へ誘いくれしが

平成の終焉祝うと記事並ぶわれにはひとりを失いし年

尊きは命　ことさら思われておろおろと独りの刻《とき》をいとしむ

おわりに

本書収録のエッセーは、十六年前から四年前までに新聞掲載されたものですので、やはり今では「昔話」となったものが多い結果となってしまいました。

けれども、締切間際の、その日、その時の、私なりの感受や思いの一端は書き残されていると、今では少々安堵し、満足しています。

この拙い一冊が、私にゆかりある多くの方々のお目に触れたことは、85歳の男の大きな喜びであります。

ありがとうございました。

令和元年秋

後藤左右吉（ごとうそうきち）プロフィール

昭和10年（1935年）古田家兄弟8男1女の5男坊として、下呂町小川にて出生。

本籍、恵那郡加子母村（現・中津川市）。

加子母中、中津高校卒。高3の1月、父、没。岐阜大学2年課程終了、教職に就く（20歳）。勤めの傍ら南山大学文学部（夜間）3年に編入学（24歳）、2年間にて同校卒。後藤家の養女米子と結婚（26歳）、2男1女をもうける。次男、没（S51・9・22、11歳）。妻、没（H31・1・23、82歳）。現在長男夫婦と同居。

職歴

中学校教諭、指導主事、管理主事、学校教育課長、中学校教頭、中学校校長、小学校校長、岐阜市教育長、岐阜市教育文化振興事業団理事長、会社監査役（75歳にて退職）

著書

歌集5冊

・『峡《かい》の風雪《ふうせつ》』　岐阜日日新聞社　1973年刊（38歳）
・『還《かえ》らぬ鳩《はと》』　短歌新聞社　1983年刊（48歳）
・『男が歩む』　六法出版社　1989年刊（54歳）
・『低き耳鳴り』　岐阜文芸社　2000年刊（65歳）
・『朝の稜線』　角川書店　2011年刊（76歳）

歌書1冊

・『岐阜県99市町村ふるさと短歌紀行』　六法出版社　１９９７年刊（62歳）

あし跡

・短歌結社、木俣修主宰「形成」入会（23歳）、解散まで所属（52歳）。その後無所属。
・中部日本歌人会元副委員長・現在顧問、　岐阜県歌人クラブ前会長・現在顧問
・校歌作詞　県内の幼、小、中、大で21件
・毎日新聞「文芸の窓」（東海地方歌集評）連載（１９７８～１９８３、39回）
・中日新聞「短歌風土記」連載（１９９４～１９９７、１０５回）
・岐阜新聞「岐阜文芸エッセー」連載（２００３～２０１５、１４９回）
・趣味　円空木彫り、ゴルフ、山登りなど

その他

瑞宝双光章受賞（２００８・５）　岐阜県芸術文化顕彰受賞（２０１１・３）

つれづれ88話
岐阜文芸エッセー

発　行　日	2019年10月10日
	2020年 1月 6日 第2刷
発　　　行	株式会社岐阜新聞社
著　　　者	後藤 左右吉
	〒500-8227 岐阜市北一色8-2-5
編集・制作	岐阜新聞情報センター 出版室
	〒500-8822 岐阜市今沢町12
	岐阜新聞社別館4F
	TEL 058-264-1620（出版室直通）
印　　　刷	岐阜新聞高速印刷株式会社